dtv

premium

Philippe Besson

Ein Abschied

Roman

Aus dem Französischen
von Caroline Vollmann

Deutscher Taschenbuch Verlag

Von Philippe Besson
sind im Deutschen Taschenbuch Verlag erschienen:
Eine italienische Liebe (24423)
Sein Bruder (24455)
Brüchige Tage (24530)
Nachsaison (24597)
Einen Augenblick allein (24663)
Zeit der Abwesenheit (13629)

FSC
Mix
Produktgruppe aus vorbildlich
bewirtschafteten Wäldern und
anderen kontrollierten Herkünften

Zert.-Nr. GFA-COC-001298
www.fsc.org

Der Inhalt dieses Buches wurde auf einem nach den
Richtlinien des Forest Stewardship Council zertifizierten
Papier der Papierfabrik Munkedal gedruckt.

Deutsche Erstausgabe
März 2010
edition manholt im dtv
Deutscher Taschenbuch Verlag GmbH & Co. KG, München

Titel der französischen Originalausgabe:
›Se résoudre aux adieux‹
Für die deutschsprachige Ausgabe:

Umschlagkonzept: Balk & Brumshagen
Umschlaggestaltung: Wildes Blut, Atelier für Gestaltung,
Stephanie Weischer unter Verwendung
eines Fotos von Trevillion
Images/Mohamad Itani
Satz: Greiner & Reichel, Köln
Gesetzt aus der Stempel Garamond 10,5/13,25'
Druck und Bindung: Kösel, Krugzell
Gedruckt auf säurefreiem, chlorfrei gebleichtem Papier
Printed in Germany · ISBN 978-3-423-24750-4

Meinen vergangenen Lieben,
den einzigen, die dauerhaft sind.

Ich werde nur durch diese Aufzeichnungen
zu dir sprechen, die mich erleichtern
und die sich nicht lohnen,
die ich sofort wieder vergesse,
die du verbrennen kannst, wenn du willst.
Du hast mich um nichts gebeten,
und ich schleudere dir Worte entgegen,
in Erwartung deiner Antwort,
die nicht zu mir gelangt.

Hervé Guibert
Les Aventures singulières

Havanna

Clément,

ich habe beschlossen, dir zu schreiben, besser als nichts. Besser als so zu verharren, in Schweigen.

Glaube mir: Ich habe mich ehrlich, ernsthaft im Schweigen versucht, ich habe es angelegt, wie man sich ein Kleid überzieht, ich habe es auf mich genommen, wie man eine Verurteilung akzeptiert. Ich habe es in erster Linie für mich getan, täusche dich nicht, es war eine egoistische Wahl, selbst wenn sie mir schwergefallen ist. Ich habe tatsächlich geglaubt, das würde mich retten. Aber das Nichtreden ist keine Rettung, zumindest mich hat es nicht gerettet. Ich glaube sogar, es hat mich noch etwas tiefer in Traurigkeit und Kummer gestürzt. Um ganz ehrlich zu sein, es hat mich zugrunde gerichtet, weil es von Bildern und Erinnerungen bevölkert ist, die sich unmöglich vertreiben lassen, ähnlich jenen aufdringlichen Fliegen, die einem ums Gesicht schwirren, die man mit ausholenden Armbewegungen zu vertreiben sucht und die immer wieder zurückkehren. Und außerdem ist man wehrlos, wenn man schweigt: Die Attakken sind nur noch verletzender.

Jetzt also versuche ich es mit Worten, das kann auch nicht schlimmer sein. Wer weiß, ob ich beim Reden nicht den angesammelten Schmerz abschütteln werde. Ein wenig.

Warum ich gerade *dir* schreibe, wirst du mich fragen. Nun, weil Worte ohne Adressaten nicht wirklich Worte sind. Ohne Echo verlieren sie sich. Es ist, als hätte es sie nie gegeben. Es ist, als würden sie dem Wind, der Wüste, dem Abgrund überantwortet. Wenn mir niemand zuhört, kann ich ebensogut weiterhin schweigen. Jemand muß mir zuhören. Und wer wäre besser geeignet als du?

Ja, wer besser als du?

Ich werde dich mit deinem Vornamen anreden.

Clément.

Ich kann nicht mehr »Liebster« oder ähnliche Dinge sagen, alle diese albernen Ausdrücke, die man gebraucht, ohne zu bemerken, wie lächerlich sie sind, und die man solange wiederholt, bis man ihnen ihre Bedeutung genommen hat. Du wärest jedenfalls verlegen, wenn ich »Liebster« sagen würde. Du würdest annehmen, ich sei nicht geheilt.

Ein Geständnis: Ich bin nicht geheilt. Aber Kranke müssen den Takt besitzen, die Gesunden nicht zu behelligen, man dankt es ihnen, wenn sie ihre Krankheit verbergen.

Du wirst mir diesen sarkastischen Ton vorwerfen, diese zweifellos pathetische Ironie. Du wirst behaupten, das sei unter meinem Niveau. Und außerdem magst du im allgemeinen keine Frauen, die sich aufgeben, die sich verlieren. Du ziehst diejenigen vor, die Haltung bewahren und Würde und Strenge an den Tag legen. Mach dir keine Sorgen, auch ich bin in der Lage, mich würdig zu zeigen: Nur bedarf es vorher einiger Vorkehrungen meinerseits, ich muß mir Mühe geben, es fällt mir nicht in den Schoß.

Ich wäre glücklich, wenn ich zu denen gehörte, die Schläge einstecken, ohne mit der Wimper zu zucken. Ich habe immer Bewunderung empfunden für Personen, die in allen Lebenslagen Ruhe bewahren, die inmitten von Schlachtfeldern aufrecht bleiben und sogar noch die Kraft finden, den Verwundeten zu helfen. Leider besitze ich nicht ihren Mut, ihre Entschlossenheit oder ihr Pflichtbewußtsein. Ich bin zu scharfblickend, um die Katastrophen nicht zu sehen. Und zu schwach, um ihnen, ohne zu schwanken, ins Gesicht zu schauen.

Ja, ich bin eine Frau, die schwankt. Das wird dich nicht verwundern.

Ich schreibe dir aus Havanna.

Als es darum gegangen ist, ein Exil zu wählen, schien mir dieses geeignet. Im Grunde war es ziemlich einfach: Um sicher zu sein, nicht unseren Erinnerungen zu begegnen, brauchte ich einen Ort, den wir nie gemeinsam besucht haben. Wenn ich mich zum Beispiel nach New York begeben hätte, wo wir immerhin zweimal den Frühling verbracht haben, du und ich, hätte mir alles wieder vor Augen gestanden. Gewiß, beim Vergleich meiner Wunden mit jenen von Manhattan, die trotz der Jahre noch immer offen sind, hätte mein Kummer natürlich nicht mehr so schwer gewogen, ein persönlicher Liebeskummer steht in keinem Verhältnis zu einer kollektiven Trauer, aber ich wollte nicht das Risiko eingehen, mich einer Ungehörigkeit schuldig zu machen: Ich hatte tatsächlich Angst, daß angesichts meines seelischen Tiefs selbst die allgemeine Betrübnis nicht schwer genug wiegen würde.

Da ist noch etwas anderes: Ich wollte Sonne. Ich habe geglaubt, Unglück sei in der Sonne weniger schmerzhaft. Hier scheint sie immer und überall. Sie macht das Elend erträglicher. Vor allem jedoch macht sie den Gang langsamer, den Körper sinnlicher, die Haut leuchtender. Sie zwingt mich, mit einer Sonnenbrille bewaffnet durch die Straßen zu gehen, regelmäßig unter den Sonnenschirmen der Caféterrassen Schutz zu suchen, Pausen einzulegen. Sie bringt mich unter die Leute, weil sie die hiesigen Männer und Frauen, die sie nicht fürchten, aus den Häusern lockt. Schließlich schafft sie eine gesunde Ermüdung, eine gebilligte Erschöpfung.

Ich wollte auch die Zeitverschiebung, einen Abstand wie einen Bruch. Eine Unterbrechung der Zeit. Einen Unterschied unserer Uhren, der die Entfernung markiert. Ich habe wirklich geglaubt, es würde mir eine große Hilfe sein, meine Uhr zu verstellen, nicht zur selben Stunde wie du zu leben, mich von deiner Wirklichkeit abzukoppeln. Ich muß zugeben, daß ich mich in diesem Punkt gewaltig getäuscht habe. Denn ohne es zu bemerken, ohne es verhindern zu können, lande ich ständig wieder bei dir. Kein Tag vergeht, ohne daß ich mir sage: Wieviel Uhr ist es bei ihm? Und gleich hinterher: Was macht er in diesem Augenblick? Was hat er zu dieser Tageszeit immer gemacht?

Ich wollte ein Land, dessen Sprache ich nicht spreche. Die Worte um mich herum sollten unverständlich sein, mich wie ein Getöse oder ein Murmeln umgeben, mich jedoch nicht erreichen, vor allem nicht in mich eindringen. Gewiß, der Alltag der Leute hätte mich in meiner Verzweiflung zerstreuen können. Wenn ich an ihrem persönlichen Leben teilgenommen hätte, wäre ich ein wenig von meinem eigenen abgelenkt worden. Aber als Rekonvaleszent erhält man von allen Seiten Zeichen: Ich hatte Angst, daß mich die Worte der Liebenden verletzten. Daß mich die üblichen Antworten der Paare ins Schleudern bringen würden. Es brauchte Leute, die mir nicht gleichen, die uns nicht gleichen. Leute, deren Sprache man nicht versteht, gleichen uns nicht.

Ich habe sogar überlegt, weiter in den Süden zu gehen, nach Argentinien oder Brasilien. Aber die junge Frau im Reisebüro hat es verstanden, mir die Reize Kubas schmackhaft zu machen. Über Havanna machte sie folgende Bemerkung: »Es ist eine Stadt, die seit Jahrzehnten erstarrt ist und immer mehr zerfällt. Aber das Meer schützt sie.« Ich habe mir gesagt: Das ist das richtige für mich.

Vielleicht waren es nicht ganz diese Worte, die sie gebrauchte. Aber so habe ich es behalten.

Ich wohne im Hotel Nacional. Meine Fenster gehen auf den *Malecón*, die Barriere, die die Straße vor dem Meer schützt, den Damm, gegen den die Wellen unermüdlich anrennen, dem selbst Orkane nichts anhaben können. Du hast in den Fernsehreportagen bestimmt Bilder davon gesehen. Oder Freunde, die im Urlaub hier gewesen sind, haben dir davon erzählt. Jedermann behält ihn in Erinnerung und berichtet zu Hause als erstes davon. Eine Art heruntergekommene *Promenade des Anglais*, aber ohne alte Damen.

Ich gehe fast jeden Tag dort spazieren. Wenn ich wirklich mutig bin, stoße ich bis zum Hafen vor, bis in die von Touristen überlaufene *Habana Vieja*, die ich eigentlich nicht mag. Aber es ist immerhin ein Ziel. Ich kann die Strecke, die ich zurücklege, nicht genau abschätzen. Ich weiß nur, daß ich ungefähr eine Stunde brauche. Mein Rundgang endet in lauten, vibrierenden, schmutzigen, unübersichtlichen Straßen, in denen klapprige amerikanische Wagen knattern, hungrige Hunde herumstreunen, Jugendliche sich an Fremde, die sich verlaufen haben, heranmachen, und Salsa-Lehrer mit pomadisierten Haaren spezielle Unterrichtsstunden anbieten. Dann überkommt mich eine grenzenlose Müdigkeit. Ich nehme ein Motorroller-Taxi, um ins Hotel zurückzufahren. Und ich lasse mich auf mein Bett fallen. Ich kann mitten am Nachmittag stundenlang schlafen.

Das Personal ist freundlich zu mir. Die Putzfrauen kennen mich inzwischen. Manche versuchen, ein Gespräch anzuknüpfen, das für gewöhnlich rasch wieder abreißt, weil sie nur schlecht Englisch sprechen und ich mir offen gestanden keine Mühe gebe, sie zu verstehen. Und außerdem haben wir nicht viel auszutauschen außer Bemerkungen über das Wetter. Meistens geht es um die Hitze. Ich lächle zustimmend. Das ist wenig, aber manchmal sind es die einzigen Worte, die ich am Tag spreche.

Sie respektieren meine Zurückgezogenheit, obwohl sie ihnen offensichtlich merkwürdig vorkommt. Anfangs hatten sie wohl etwas Angst vor mir. Inzwischen halten sie mich für ein völlig harmloses Original. Ich bin kein Original, aber wie soll ich ihnen das erklären?

Trotzdem verwirrt mich ihre Freundlichkeit. Mir kommt es häufig so vor – eine Folge meiner Paranoia –, als sei ich jemand, der wie geschaffen ist für Schläge.

Ich verbringe viele Stunden im Garten des Hotels unter den Palmen. Ich sitze dort, in tiefen Sesseln die *Mojitos* schlürfend, die mir die jungen Kellner des Visto al Golfo servieren, ohne daß ich sie zu bestellen brauche. Sie haben eine unterwürfige Haltung, die Kellner, aber das hat nichts zu bedeuten: Sie haben auch die Unverschämtheit ihrer zwanzig Jahre und für die Müßiggänger aus Europa eine Verachtung, die ich sehr vernünftig finde. Ich werde von Kanonen der Firma Krupp beschützt, die noch auf ihren Lafetten liegen, dazu bestimmt, die Bucht gegen Angriffe von außen zu verteidigen. Die Vorstellung, daß du, wenn du hierher kämest, von Kanonen empfangen würdest, amüsiert mich in dem Dämmerzustand, in den mich der übermäßige Genuß des Rums versetzt, aber du wirst nicht kommen. Und in jedem Fall sind sie ein lächerlicher Schutz.

Ich habe gedacht, wenn ich mich hier, und sei es auch nur für einige Wochen, niederlasse, würde ich lernen, nicht mehr auf dich zu warten. Mit dem Warten auf dich Schluß zu machen. Ja, ich habe gedacht: Hier wird nichts Unvorhergesehenes passieren, nein, niemand wird an meine Tür klopfen, ich werde also aufhören, hochzuschrecken. Und außerdem funktioniert mein Telefon nicht, ich habe das erforderliche Abonnement nicht unterschrieben, ich bin unerreichbar. Auch keine Post, keine Angst vor dem Öffnen des Briefkastens, vor Briefen, auf denen niemals deine Handschrift erscheint. Außer Jeanne, die den Auftrag hat, diejenigen, die mich suchen, zu beruhigen, ohne ihnen mein Versteck zu verraten, habe ich niemandem gesagt, wo ich bin. Kein überraschender Besuch ist zu erwarten. Nichts und niemand wird kommen, vor allem nicht du. Ich habe alle Vorkehrungen getroffen, damit du nicht kommst. Auf diese Weise kann ich hoffen, ein wenig Ruhe, ein wenig Klarheit zu finden. Kann mich zumindest von der entsetzlichen Unruhe und der gräßlichen Hoffnung befreien. Soweit habe ich es gebracht. Urteile nicht zu schnell über mich.

Du weißt, es will etwas heißen, daß ich mich anstrenge, nicht mehr auf dich zu warten. Wenn ich es mir richtig überlege, habe ich den größten Teil unserer Zeit damit zugebracht, auf dich zu warten. Zuerst habe ich gewartet, daß du mich bemerkst, während dein Blick über mich hinwegglitt, ohne jemals an mir haften zu bleiben. Dann, daß du auf mich zukommst, einen Schritt nur, einen Schritt weiter, das war nicht schwierig, und dennoch hat es lange gedauert. Du hast mir später gestanden, daß ich dich damals beeindruckt habe, daß ich die Art von Frau war, die Distanz hält, ohne daß es der Worte bedarf. Ich habe dir nie wirklich geglaubt, aber ich habe mich gehütet, es dir zu sagen. Später dann habe ich bei mir zu Hause auf dich gewartet, in meiner Wohnung in der Rue Campagne-Première, ich habe helle und leichte Kleider angezogen, die ich dreimal wechselte, bevor du endlich atemlos und verlegen aufgetaucht bist und dich für deine Verspätung und die wenige Zeit, die du für mich erübrigen kannst, entschuldigt hast. In Paris wartete noch eine Frau auf dich. Du würdest sie nach mir treffen. Sie war zwei Jahre früher in dein Leben getreten. Sie bildete sich ein, die einzige darin zu sein. Ich habe erwartet, daß du sie verläßt, daß du dein Versprechen, sie zu verlassen, hältst. Ich habe dich jedoch nicht darum gebeten. Du hast es eines Tages völlig unerwartet vorgeschlagen. Ich habe dir zugehört, ohne etwas zu antworten. Ich hätte zweifellos meiner Freude Ausdruck geben, dir für dieses Opfer danken sollen. Du hast bestimmt mit Beifall, mit Ermutigung mit einer Belohnung gerechnet. Ich sah keinen Grund dafür. Eines Abends hast du vor der Tür gestanden und nur gesagt: Es ist Schluß. Ich habe dich in die Wohnung hereingelassen, ich habe dich umarmt, du wolltest, daß ich dich fest an mich drücke, ich habe dich so fest an mich gedrückt, wie ich konnte, es hat nicht gereicht. Ein paar

Wochen später bist du ins warme Nest zurückgekehrt. In diesem Moment hätte ich beschließen können, nicht mehr auf dich zu warten. Jeanne beschwor mich, auf dich zu verzichten. Ich habe ihr kein Gehör geschenkt. Ich war noch verliebt, bereit, alles zu verzeihen. Ich habe von neuem begonnen, auf dich zu warten. Es war nicht völlig falsch, denn du bist zurückgekommen. Aber schließlich bist du doch wieder gegangen. Dieses Mal hast du vorsorglich gesagt, du würdest bestimmt nicht wiederkommen. Ich war überzeugt, daß du dich an deinen Entschluß halten würdest. Das hat mich nicht daran gehindert, weiterhin an deine Rückkehr zu glauben. Fast sechs Monate lang habe ich daran geglaubt. Und dann bin ich nach Havanna geflogen.

Immerhin sollst du wissen, daß ich dich in Paris noch einmal gesehen habe. Es war mehrere Wochen nach unserer Trennung. Ich stand in der Schlange vor einem Kino auf dem Boulevard Montparnasse. Ich war sehr früh dran, weil ich dachte, es werde einen Ansturm auf den langerwarteten Film geben. Auf dem Boulevard floß der Verkehr und stoppte im Rhythmus des Wechsels der Verkehrsampeln von Grün auf Rot. Das Taxi, in dessen Fond du gesessen hast, hielt auf meiner Höhe. Ein Bus, der seine Fahrgäste ausssteigen ließ, blockierte es ungefähr eine Minute auf der Fahrspur. Eine Minute ist lang. Genug Zeit, um alle Möglichkeiten in Betracht zu ziehen: mich abzuwenden, damit du mich nicht erkennst, falls du in meine Richtung blicken solltest, dich anzuschauen, ohne dich aus den Augen zu lassen, in der Hoffnung, daß du den durchdringenden Blick am Ende spüren wirst, zu dem Taxi hinzugehen, an die Scheibe zu klopfen, und was dann? Gar nichts, ich habe gar nichts getan. Dein Taxi ist weitergefahren, du hast mich nicht bemerkt, da bin ich mir fast sicher. Am Ende habe ich darauf verzichtet, ins Kino zu gehen. Ich glaube sogar, daß ich den Film, auf den ich so große Lust hatte, nie gesehen habe.

Ich habe geschrieben: *Du hast mich nicht bemerkt, da bin ich mir fast sicher*. Und dieses »fast« läßt natürlich Raum für alle Trugbilder, alle Interpretationen, alle Mißverständnisse, alle Niederlagen.

Vielleicht hast auch du meine Wege in Paris gekreuzt. Wenn du es getan hast, bist du jedenfalls nicht auf mich zugekommen. Ich zwinge mich zu glauben, daß diese mögliche Zurückhaltung nichts zu bedeuten hat: Ich selbst bin ja im vergleichbaren Fall auch nicht auf dich zugegangen.

Wo war ich stehengeblieben? Ach ja, ich habe dir von Havanna erzählt.

Zugegeben, dieser Brief ist wirr, zusammenhanglos, gewiß, aber was soll's? Ich bin nie sehr diszipliniert gewesen, ich konnte nie wirklich bei meinem Thema bleiben, ich muß immer abschweifen, du hast es mir oft genug vorgeworfen. Erinnerst du dich? Du hast behauptet, ich sei leichtfertig, oberflächlich, zu unbekümmert, ich scherte mich um nichts, ich hätte keine Bodenhaftung, ich sei völlig unfähig, dem nächsten Tag ins Auge zu sehen. Du hast dich darüber amüsiert, daß die Bilder in meiner Wohnung fünf Jahre nach meinem Einzug noch nicht aufgehängt waren, daß ich sechs Leute zum Essen einladen konnte, ohne daran zu denken, eine Mahlzeit für sie vorzubereiten. Du hast mich zerstreut gefunden, inkonsequent. Anfangs hat dir das gefallen. Nach kurzer Zeit hat es dich genervt. Streite es nicht ab, ich habe es bemerkt, glaube mir. So ist es eben: Ich bin keine dieser ordentlichen, vorbildlichen Frauen, dieser vollkommenen Hausfrauen, dieser *executive women*, die mehrere Existenzen gleichzeitig ausfüllen, keine dieser Geliebten, die auf jede Kleinigkeit achten. Ich bin tatsächlich eher unbesonnen und zerstreut, außerstande Prioritäten zu setzen, mir selbst Einhalt zu gebieten. Dieser Brief gleicht mir: Er übertritt seine Ufer wie manche Flüsse ihr Bett. Im Grunde bist du der einzige Mensch, an dem ich mich festgehalten habe. Nur bei dir ist mir das passiert. Es war offensichtlich nicht das Klügste.

Nun aber zu Havanna.

Du stellst dir sicher alte Paläste, legendäre Bars, gepflasterte, von der Sonne überflutete Plätze, Häuser mit Säulengängen vor, und du hast recht. Aber da ist noch etwas anderes: eine Trägheit, tagsüber, fast eine Schläfrigkeit, Straßen, die den Hunden und den Touristen überlassen sind, und dann am Abend, wenn die Vergnügungslust die Stadt erfaßt, ein Gewimmel, ein Gewühl, eine Raserei. Unter den Arkaden, in den Innenhöfen findet man morgens etwas Kühle, aber die Feuchtigkeit nimmt bald überhand, und am Nachmittag prallt eine fast unerträgliche Helligkeit von den Fassaden der rissigen Paläste, der heruntergekommenen Häuser auf die holprigen Trottoirs, die sie zurückwerfen. Die Nächte sind fast immer heiß. Manchmal ist es unmöglich, einzuschlafen. Ich verirre mich leicht in dieser vom Meer angenagten Stadt, in den Gassen, deren Namen ich mir nicht merke. Wenn du mich zwischen den Ruinen herumirren sähest, würdest du mich nicht wiedererkennen.

Aber hast du mich jemals richtig gekannt? Was weißt du eigentlich von mir? Was hast du zu erfahren versucht? In lichten Momenten muß ich zugeben, daß du dich nie wirklich für mich interessiert hast. Du hast mich geliebt, ja, aber auf deine Weise. Mit etwas Abstand, ohne dich völlig auszuliefern, in Gedanken an die andere, nicht mit Schuldgefühlen, nein, aber darauf bedacht, dich nicht als Verräter zu fühlen. Du hast mich geliebt, du hast es mir manchmal gesagt, aber es war wie ein Ritornell, wie der Refrain eines Liedes, und es hatte keine große Bedeutung für dich. Du hast mit mir geschlafen, du hast meinen Körper geliebt, die Höhlung meines Beckens, meinen knackigen Hintern, das konntest du sehr schön ausdrücken. Ich verdanke dir übrigens, daß ich meinen Hintern nicht mehr hasse, er ist gar nicht so übel. Es gibt zahlreiche Frauen, die mich darum beneiden.

Ich meinerseits kenne deine gelockten Haare nach dem Regen in- und auswendig, ihre Weichheit. Die Falte in deiner Wange, wo sich ein Grübchen befindet, ein einziges, und den Köder deines Lächelns. Das Dreieck, das sich zwischen deinem Halsansatz und der Rundung deiner Schultern eingräbt, wenn du dich vornüberbeugst, und wie das Licht auf deinen Nacken fällt. Die Zeichnung deines Körpers und die unsichtbaren Spuren, die fiebrige Hände, die nicht die meinen waren, dort hinterlassen hatten. Deinen flachen Bauch und die wilden Gräser, die von deinem Nabel bis zu deiner Scham wachsen. Die Sanftheit deines Glieds, diese Textur der Haut, die sich sonst nirgendwo findet. Die Magerkeit deiner Beine, und wie du sie in zu weiten Hosen zu verbergen suchtest, weil du dich geschämt hast. Ich erinnere mich an alles mit einer erschreckenden Genauigkeit, trotz der gigantischen Versuche, die ich unternehme, um alles zu vergessen.

Ich kenne den dunklen Klang deines Lachens, die Modulationen deiner Stimme, ich konnte es hören, wenn du mich belogen hast, aber ich sagte nichts. Ich habe meine Zeit damit zugebracht, nichts zu sagen, um dich nicht zu verletzen, um dich nicht zu verlieren.

Ich müßte Bedauern empfinden, müßte glauben, daß es besser gewesen wäre, aufzubegehren, aber nein, es gelingt mir nicht. Wenn ich es noch einmal zu tun hätte, würde ich nichts anders machen. Mit dir hätte ich, egal auf welche Weise, dem Leid nicht entkommen können, der strahlenden Reinheit des Leids.

Alles, was ich heute mache, geschieht, um dieses Leid zu verringern. Meine ganze Energie verwende ich dazu, das Übel zu beruhigen. Aus diesem Grund höre ich zum Beispiel nicht mehr *Pierre* von Barbara. Ich habe aufgehört, das Radio anzustellen, um sicherzugehen, daß ich nicht mehr auf dieses Lied stoße. Die wenigen Male, wo sich einige Töne zu mir verirrten, war ich augenblicklich zerstört. In Sekundenschnelle stand mir das erste Mal vor Augen, bei mir zu Hause, der Moment, als die Dinge umgekippt sind, als du mich geküßt hast, als ich mich in ein Abenteuer stürzte, dem ich nicht gewachsen war. Dieses Lied wird mich für alle Zeiten an den Geschmack deiner Lippen bei dieser Gelegenheit und an die Leidenschaftlichkeit deiner Umarmung erinnern. Ich bestelle in Paris auch keine Sushis mehr, was wir an unserem ersten Abend taten, weil wir müde und erschöpft waren und so spät nicht mehr die schöne sinnliche Atmosphäre des Zimmers verlassen wollten. Du wirst das albern finden, aber es ist so. Es sind die Kleinigkeiten, die mir am meisten das Herz zerreißen, es sind die winzigen Dinge, die sich ereignen, ohne daß ich sie voraussehe, die ohne Vorwarnung auftauchen, in meinen Alltag einbrechen, mich zu Boden werfen. Ich nehme auch nicht mehr die Buslinie 92, die zwischen deiner und meiner

Wohnung verkehrt. Ich wähle andere, manchmal umständlichere Routen, nur um nicht jenes Gefühl der Fahrten zu zweit noch einmal zu erleben, das ich, während ich dich zurückbegleitete, hatte, ehe du mich alleingelassen hast. Ich mache Umwege. Ich habe Bücher, die du geschätzt hast und in denen wir ganze Passagen gemeinsam gelesen haben, aus meiner Bibliothek verbannt. Ich hatte zu große Angst, ihre Rücken zu sehen und in Versuchung zu geraten. Ich werde bestimmt nicht noch einmal *Heiße Küste* lesen. Oder erst in ferner Zeit. Ich werde mir ein Taschenbuchexemplar kaufen müssen. Du wirst behaupten, das sei grotesk, aber es ist so. Es sind die Kleinigkeiten, die mir am meisten das Herz zerreißen.

Du verstehst nun besser, warum Havanna. Hier sind die Gefahren außer Reichweite. Keine französischen Lieder, keine Sushis, keine Buslinie 92, keine Duras. Ich laufe nicht jeden Augenblick Gefahr abzustürzen.

Nun, du hast mir nichts gelassen, und das ist auch gut so. Keinen Brief, du hast Schreiben gehaßt, kein Photo, du hast es abgelehnt, vor der Kamera zu posieren, und es ist mir nie gelungen, dich zu überlisten, kein Geschenk, du hast es für altmodisch gehalten, Geschenke zu machen. Doch, manchmal standest du mit einem Strauß in der Hand vor meiner Tür. Wahrscheinlich nur, weil Blumen vergänglich sind, weil sie nicht halten. Du hast auch kein Kleidungsstück bei mir gelassen. Du hättest aus Unaufmerksamkeit ein Hemd, ein T-Shirt bei mir vergessen können, aber nein. Ich habe lange gedacht, du hättest am vorletzten Abend, als du bei mir warst, alles mitgenommen. Das hätte bedeutet, daß dein Entschluß reiflich überlegt, deine Handlung vorausbedacht, die Trennung nicht in der Hitze eines Streits erfolgt war. In Wirklichkeit ist es eine falsche Interpretation, denn du hast immer darauf geachtet, keine Spuren zu hinterlassen. Es gibt jedoch zwei oder drei Dinge, die wir zusammen gekauft haben: eine Vase, eine afrikanische Skulptur. Ich habe sie behalten, denn du hast dich darauf beschränkt, mich zu beobachten, als ich sie kaufte, du bist ein wenig zurückgeblieben, wie um zu sagen: Diese Begeisterung betrifft mich nicht, es ist nicht meine Sache. Diese Abwesenheit von Spuren hat mich in den ersten Wochen geschmerzt. Ich hätte gern etwas von dir zurückbehalten, und wenn es nur ein Geruch, ein Duft gewesen wäre. Aber mit der Zeit habe ich eingesehen, daß dieses Fehlen deiner Gegenwart geeignet war, mir zu helfen. Meine Gesundung zu beschleunigen.

Nein, du hast mir nichts gelassen, außer dem Gedächtnis. Das Gedächtnis hemmt die Gesundung.

Sei versichert: Es sind hübsche Erinnerungen, die ich gewählt habe, um sie zu bewahren. Deine Hand in deinen Haaren, wenn dich meine Fragen ärgerten, eine unbeholfene Geste, die Art, wie du deinen Zeigefinger beim Nachdenken auf den Mund legtest, das Strahlen deiner Augen, wenn ich Liebesworte aussprach, das laute Café in der Rue de Vavin, in dem wir uns trafen, das gemeinsame Warten in den Schlangen vor den Kinos, die verspäteten Flieger auf den Flughäfen, das »ich rufe dich an« an den Türen der Aufzüge, flüchtige Frühstücke, an den Kühlschrank geheftete Zettel, Wochenenden mitten in der Woche, in Florenz eingeworfene Briefe, Schritte, die die Dielen zum Knarren bringen, Auseinandersetzungen über Sofia Coppola, auf dem Anrufbeantworter hinterlassene Botschaften, Küsse durch Taxifenster, wunderbare Abgeschiedenheit, Kopfkissenabdrücke auf den Wangen, Donnerstagnachmittage im Jardin du Luxembourg, nicht rückgängig zu machende Worte, unbeholfene Gesten, ironische Schwüre und all das, was ich vergesse oder was ich nicht aussprechen kann, ohne sofort loszuweinen.

Und besonders jenen Tag, an dem du gegangen bist.

Clément, ich habe lange nach den Gründen für deine endgültige Entscheidung gesucht. Ich habe lange gedacht, daß sie dunkel, vorgeschoben, unerklärbar wären, daß ich Scharfsinn und die Geduld der Mathematiker benötigen würde, um sie zu durchschauen, zu entschlüsseln. Aber sie waren ganz einfach. Du hast Bequemlichkeit, Sicherheit, Orientierungspunkte gebraucht. Ich konnte dir das nicht geben, die andere Frau konnte es. Ich war ein Einschub, ein Zwischenspiel, bestenfalls eine Zerstreuung. Überflüssig, sich den Kopf weiter darüber zu zerbrechen. Aber nichts anderes als das gewesen zu sein und es zu wissen, macht den Schmerz nicht weniger heftig, leider.

Man kann es anders ausdrücken: Ich träumte von einem Geliebten, du wolltest nur ein Liebhaber sein.

Versteh mich richtig: Ich werfe dir nichts vor. Der Gedanke, dich anzuklagen, liegt mir fern. Letzten Endes ist alles meine Schuld. Wenn man mißfällt, muß man den Fehler bei sich selbst suchen. *Mißfallen* ist ein sehr starker Ausdruck. Besser wäre: nicht genug gefallen. Ja, *nicht genug gefallen*, das trifft es eher. Dieser feine Unterschied läßt mir Hoffnung. Vielleicht werde ich eines Tages jemanden treffen, dem ich genug gefalle.

Außerdem habe ich eine schöne Geschichte durchlebt. Man ist denjenigen zwangsläufig dankbar, die uns mit einer schönen Geschichte beschenken. Das wird nicht jedem zuteil. Ich bin glücklich gewesen, wirklich. Glücklich und ängstlich im selben Moment, das mag verwunderlich erscheinen. Und das Glück ist verschwunden. Die Angst ist geblieben.

Ein letztes Wort zu der anderen Frau, der, gegen die ich verloren habe: Gestern bin ich in eine Bar, eine Art Spielhölle, gegangen, um mir den Flamenco anzuhören, ich habe die stolze und herrische Tänzerin aufmerksam beobachtet, die, eingehüllt in ihr rotes Flitterkleid, damit beschäftigt war, mit ihren Absätzen die Bühne zu bearbeiten, sie hat mich unwillkürlich an Claire denken lassen, sie glich ihr überhaupt nicht, es war nur irgend etwas in ihrer Haltung, in ihrer Entschlossenheit, in ihrer Selbstsicherheit. Ich habe mich erinnert, daß mir alle diese Eigenschaften völlig abgegangen sind, und zweifellos habe ich dies teuer bezahlt.

Später.

Ich setze den Brief dort fort, wo ich ihn vorhin abgebrochen habe. Ich hatte das Bedürfnis hinauszugehen, die verpestete Luft der Straßen einzuatmen, diese von den Auspuffrohren der alten amerikanischen Wagen geschwängerte Luft, den Pontiacs und Chevrolets, deren Ledersitze zwar aufgeplatzt, deren Karosserien jedoch makellos sind und deren Chromteile blitzen. Das Bedürfnis, mich von der Hitze, die über dem Asphalt flirrt und die Kleider am Körper festkleben läßt, überwältigen zu lassen. Das Bedürfnis, strahlende Gesichter zu sehen, ohne mich bei ihnen aufzuhalten, Worte zu hören, ohne ihren Sinn zu verstehen. Das war meine Art, mich nicht mehr nur mit dir zu unterhalten.

Hattest du auch das Bedürfnis nach einer Pause? Vielleicht hast du die Lektüre abgebrochen. Vielleicht hast du sogar den Umschlag in den Mülleimer geworfen, als du meine Handschrift erkannt hast. Solltest du bis hierher gelangt sein, wirst du dich auf jeden Fall fragen, was ich mit meinem Schreiben bezwecke.

Nichts.

Die Antwort ist: nichts.

Mein Antrieb ist einzig und allein der Wunsch, zu schreiben, das weiße Blatt vor mir zu haben, es zu schwärzen, mich wieder und wieder zu überzeugen, daß die Worte das Schweigen, die Sätze die Leere besiegen können. Ich schreibe, um nicht völlig tot zu sein, weil die Bewegung der Hand immerhin eine Bewegung ist, weil diese Beschäftigung mir die Langeweile vertreibt, das ist alles. Ich habe kein anderes Motiv, keine geheime, verborgene Absicht, glaube mir. Im übrigen weiß ich nicht einmal, ob ich dir den Brief schikken werde. Es ist gut möglich, daß ich ihn am Schluß zusammenfalte und in der Schreibtischschublade in meinem Zimmer verschwinden lasse. Dort würde ihn am Ende ein Tourist entdecken, wenn ich abgereist bin.

Ich versuche auch nicht, jemanden kennenzulernen, du wirst es mir vorwerfen. Es käme dir gelegen, wenn ich mit einem anderen flirtete, wenn ich mein Leben neu beginnen würde. Aber ich bin dazu nicht in der Lage. Ich kann keinen Mann an mich heranlassen, kann den Gedanken nicht ertragen, meinen Körper an einen fremden Körper zu pressen.

In dieser sinnlichen Stadt, wo die jungen Männer so schön sind, wäre es nicht besonders schwierig, ein Band zu knüpfen. Es genügte, sich hinzugeben oder zu zahlen. Aber ich weigere mich, das zu tun. Mißverstehe mich nicht: Ich versuche nicht, dir treu zu bleiben, ich habe verstanden, daß wir nicht zueinander zurückfinden werden, daß wir uns nichts schulden, aber es ist stärker als ich. Jeder Annäherungsversuch wirkt auf mich wie ein Angriff und ruft augenblicklich ein Zurückschrecken, eine Fluchtbewegung hervor. Vielleicht liegt die Lösung ja in den Umarmungen, selbst den flüchtigen, den Beziehungen, selbst den oberflächlichen, dem Gewerbe, selbst dem vulgären. Oder, noch besser, ich könnte einen Mann treffen, der mir wirklich gefallen würde, der mich zum Lachen brächte und mir eine Stütze wäre. So etwas muß es geben. Ich kann mich immer noch sehen lassen, glaube ich. Aber dazu ist es zu früh, das ist alles. Aufs neue bin ich dazu verdammt, zu warten.

Jeanne drängt mich, das, was sie die »Zeit meiner Witwenschaft« nennt, abzukürzen. Es erheitert mich, wenn sie mich als Witwe bezeichnet. Aber im Grunde hat sie nicht unrecht. Wenn du tot wärest, hätte ich dich auch nicht mehr verloren.

Du wirst zufrieden sein zu erfahren, daß sie für ein einziges Mal deine Verbündete ist, daß sie und du dasselbe Ziel verfolgen. Du hast ihr und ihrem Einfluß mißtraut. Du hast bedauert, daß sie sich dir gegenüber so argwöhnisch zeigte. Du hast versichert, nicht so zynisch zu sein, wie sie meinte. Wer von euch beiden hatte recht? Sie, zweifellos: Das Nachfolgende hat es bestätigt. Du, zweifellos: Eine geteilte Meinung ändert nichts an der Glaubwürdigkeit.

Ich habe dich belogen: Es hat einen Mann gegeben, einmal. Ich habe ihn auf einem Fest bei gemeinsamen Freunden getroffen, die mich eingeladen hatten, als wäre ich ein Krüppel, um den man sich kümmern muß. Ich erinnere mich gut an ihre unangenehme, fürsorgliche Art. Sie redeten mit mir wie mit einem zurückgebliebenen Kind oder wie mit jemandem, der einer Katastrophe entkommen ist. Ich habe so getan, als bemerkte ich es nicht. Und dieser Mann hat unsere Unterhaltung mitangehört. Er ist auf mich zugekommen. Als wir alleine waren, er und ich, fragte er mich, was ich durchgemacht hätte, daß man so mit mir redete, daß man mich wie eine Behinderte behandelte. Ich mußte lächeln. Ich konnte ihm nicht die Wahrheit sagen. Ich habe rasch einen Trauerfall erfunden. Er schien mir zu glauben. Später hat er vorgeschlagen, mich nach Hause zu begleiten. Ich hatte etwas getrunken, ich nahm es an. Als er meine Wohnung betrat, ist mir seine bloße Gegenwart wie ein Einbruch, ein Diebstahl vorgekommen. Trotzdem ließ ich alles geschehen, ich konnte nichts verhindern. Ich habe in dieser Nacht mit ihm geschlafen. Im Morgengrauen ist er gegangen, ohne ein Wort zu sagen. Er hat mich nie angerufen. Männer meiden unglückliche Frauen, die sich nicht für sie interessieren, wie die Pest.

Aber es wird mir noch gelingen. Nur darf ich nicht zu lange warten: Ehe ich es bemerke, werde ich alt sein.

Ist dir schon aufgefallen, daß man Verlassene meistens in der – illusorischen – Absicht bedauert, der Krankheit, ihrer Krankheit, aus dem Weg zu gehen? Das Mitgefühl wird durch die Angst, ihnen zu gleichen, hervorgerufen. Einerseits sind die Verschonten glücklich, dem mörderischen Geschoß ausgewichen zu sein, andererseits sind diejenigen, die es überlebt haben, darauf bedacht, nicht erneut getroffen zu werden. Aber in Wirklichkeit bedauert man die Verlassenen gar nicht so sehr. Es kann sogar Freude bereiten, ihren Kummer zu beobachten, denn wenn man es auch nie eingestehen würde, so dient er doch dem gegenwärtigen Glück als Folie. Man empfindet höchstens Mitleid. Es ist normal, die Verlassenen zu bemitleiden.

Man hat dich sicher darauf aufmerksam gemacht: Ich schreibe weiterhin Artikel für Zeitschriften. Vielleicht liest du sie zufällig, wer weiß. Es ist eine Beschäftigung wie jede andere. Ich gebe Ratschläge, die ich nicht auf mich anwende. Man hält mich für klug und geistreich. Ich bin es sicher gewesen. Ich versuche, mich daran zu erinnern, wenn ich schreibe. Alles, was ich tue, ist Erinnerung.

Ja, liest du, was ich schreibe? Dazu müßtest du eines dieser Magazine aufschlagen, in denen ich mich zu Wort melde, und die liegen dir nicht so sehr. Aber vielleicht im Wartezimmer eines Arztes. Oder bei Freunden? Oder zufällig im Büro einer deiner Kolleginnen. Das wäre doch möglich, oder? Und was machst du dann? Zwingst du dich, die Seiten nicht umzublättern? Und wenn du es trotzdem tust, siehst du sie genauer an? Bist du einmal mehr der Meinung, ich vergeude mein Talent und verliere meine Zeit? Oder lächelst du vielleicht unfreiwillig? Denn wenn ich mich anstrenge, kann ich witzig sein, und das ist es, was die Leserinnen von mir erwarten. Suchst du nach einem Zeichen von der, die ich gewesen bin, nach einer Spur meiner früheren Formulierungen, nach einem Rest meiner Gewohnheiten? Oder, was wahrscheinlicher ist, suchst du gar nichts? Am Ende schließt du sicher das Magazin mit einer langsamen, gelangweilten Handbewegung. Und du kehrst mit einem leichten Lächeln zu denen zurück, die sich mit dir unterhalten, du wirkst nicht zerstreut. Du hast meine Worte schon vergessen.

Im Grunde hast du recht, daß du mich nicht liest. Du würdest unweigerlich die Tragödie hinter der falschen Leichtigkeit erkennen.

Wenn ich schon nicht gesunde, so lerne ich doch wenigstens, mit dem Übel, das an mir nagt, zu leben; es zu beherrschen, es die meiste Zeit auf Distanz zu halten, wie man es mit einem wütenden Hund macht, den man daran hindert näherzukommen, indem man sich mit einem Stock bewaffnet. Es geht mir weniger schlecht. Mache dich nicht lustig, es ist ein beachtlicher Fortschritt.

Diese Worte sind weder dazu bestimmt, dich zu alarmieren, noch dein Mitleid zu erregen. Bleibe vor allem der, der du bist, fühle dich zu nichts verpflichtet, unternimm nichts in meiner Richtung unter dem Vorwand eines vagen Schuldgefühls deinerseits oder unter dem Eindruck einer vagen Schwäche meinerseits. Rührung, Milde, Feingefühl passen nicht zu dir. Deshalb will ich sie nicht.

Zu deiner Beruhigung sollst du wissen, daß ich auf den Moment warte, wo ich in der Lage bin, wie die Sagan in *Ein gewisses Lächeln* mit schöner Gleichgültigkeit zu sagen: »Erneut wußte ich, ich war allein. Ich kostete es aus, mir dieses Wort zu wiederholen. Allein. Allein. Was soll's. Ich war eine Frau, die einen Mann geliebt hat. Eine einfache Geschichte; es gab keinen Grund, sich so anzustellen.«

Louise

Clément,

ich habe die Stadt für ein paar Tage verlassen. Ich bin weggefahren.

Seit meiner Ankunft in Kuba hat man mir unermüdlich wiederholt: Du mußt nach Trinidad fahren, es ist unmöglich, Trinidad nicht gesehen zu haben. Ich habe also einen Wagen gemietet. Die Straßen sind nicht gut. Man muß klaffende Risse und Löcher umfahren, streunenden Hunden ausweichen und manchmal Wege benutzen, auf denen der Staub hochwirbelt. Man muß meistens ohne Hinweisschilder zurechtkommen, man ist nie sicher, daß man die richtige Richtung einschlägt, die Bauern, die man fragt, erwecken den Eindruck, aufs Geratewohl zu antworten, ihre Bewegungen sind müde, sie sagen immer: »Geradeaus«. Aber ich habe schließlich hingefunden, nach Stunden unter einer verrückten Sonne, in einem Wagen, dessen Klimaanlage fast sofort ausgefallen ist. Ich bin am ganzen Körper zitternd angekommen. Ich dachte, ich würde zusammenbrechen.

Die Leute in Havanna haben recht gehabt, darauf zu bestehen. Trinidad ist ein ganz außergewöhnlicher Ort. Er läßt sich mit keinem anderen vergleichen. Zunächst ist es eine Stadt, die fast vollständig gepflastert ist. Kannst du dir das vorstellen? Ich laufe ständig Gefahr, mir die Knöchel zu verstauchen. Ich gleiche jenen komischen Städterinnen, die straucheln, sobald sie den Asphalt verlassen. Die Kinder, die barfuß Fußball spielen, scheint das Pflaster nicht zu stören. In Wahrheit haben sie nie etwas anderes kennengelernt. Alle Welt hier hat nie etwas anderes kennengelernt. Die Zeit steht schon so lange still. Nichts ist geschehen außer dem langsamen Verstreichen der Jahrzehnte. Es ist eine ruhige Stadt, gefeit gegen den Ansturm der Modernität. Sie war immer von der Welt abgeschnitten, und nach dem, was man mir berichtet hat, ist sie es geblieben. Und ich habe jetzt schon Angst, was aus ihr werden wird, wenn sie einmal den Betonmaschinen und den Maklern in die Hände fällt.

In den kleinen Gassen spielen weißhaarige, zum Teil zahnlose Greise Dame oder Schach auf Brettern aus Karton. Wenn die Touristen an ihnen vorbeistreifen, würdigen sie sie keines Blicks. Nichts bringt sie aus der Ruhe, das gefällt mir.

Die Armut der Bewohner paßt nicht zu den prunkvollen Palästen im Flamboyantstil und zu der verschwenderischen Ausstattung der Kolonialbauten, das fällt ins Auge. Trotzdem scheinen die Leute von hier, die weder reich noch nachtragend sind, von ihren Schaukelstühlen aus die Reste der einstigen Größe mit einer schönen Gelassenheit zu betrachten.

Ich habe ein Hotel auf den Anhöhen der Stadt gewählt, das *Las Cuevas* heißt. Mein Zimmer ist in einer Art Bungalow, von dem aus ich die Halbinsel Ancón sehen kann. An der Rezeption hat mich eine junge Frau auf ein eindrucksvolles Gebirgsmassiv in nur wenigen Kilometern Entfernung aufmerksam gemacht, wo die Guerillakämpfer Che Guevaras Unterschlupf fanden. Während sie mir die Schönheit pries, dachte ich, daß ich nicht dorthin gehen würde. Nach einer so langen Fahrt sehne ich mich vor allem nach Ruhe. Und außerdem gibt es Strecken, die zu überwinden ich mich nicht mehr in der Lage fühle.

Aber das Schicksal hat gewollt, daß ich keine Ruhe finde.

Während ich ohne genaues Ziel in der Stadt herumflanierte, hat mich eine Wahrsagerin auf der Straße angehalten. Vergeblich habe ich versucht, mich ihrem Drängen zu entziehen, sie wollte meine Hand nicht mehr freigeben, schließlich habe ich sie ihr gelassen, weil ich dachte, ich würde die Prophezeiungen in Spanisch ohnehin nicht verstehen. Mein Pech, sie sprach Französisch, gewiß, es war nicht korrekt, aber doch durchaus verständlich. Ich habe ihr zugehört, ich hätte es nicht tun sollen.

Ich glaube überhaupt nicht an diese Albernheiten, du weißt es, an diese verrückten, im Augenblick erfundenen Sentenzen, um wohlmeinenden oder leichtgläubigen Touristen ein paar Dollar aus der Tasche zu ziehen. Es hat mich geärgert, daß ich ihr, wenn auch keinen Glauben, so doch immerhin Aufmerksamkeit schenken mußte.

Die alte Frau mit den mageren, knochigen Händen und dem Gesicht einer Wahnsinnigen, das von Falten zerfurcht und von der Sonne gegerbt war, machte sich an eine ärgerliche Deutung meiner verunglückten Lieben und meiner Unfähigkeit, das Glück zu halten. Ihre Worte waren grob. Ich habe zuerst gedacht, ihre schlechte Beherrschung des Französischen sei der Grund für die Grobheit und den schroffen Monolog. Und dann hatte ich plötzlich das Gefühl, daß sie mich verwirren, mich unter Druck setzen wollte, daß die Formulierungen zu dem Zweck gewählt waren, mich zu einer Reaktion herauszufordern.

Als erstes hat sie gemurmelt: »Sie sind vom Unglück verfolgt.« Sagt man das zu jemand, den man nicht kennt? Ist es möglich, mit einem solchen Satz zu beginnen? Mein erster Impuls war, meine Hand zurückzuziehen und ihr den Rücken zu kehren. Aber ich habe dem nicht nachgegeben. Ich weiß nicht warum. Wahrscheinlich dachte ich, da ich nun schon einmal dabei sei, einer als Zauberin verkleideten Schwindlerin zuzuhören, könnte ich mich auch ebensogut auf ihr Spiel einlassen.

Ich habe ihr nichts geantwortet. Ich habe ein paar Sekunden gebraucht, ehe ich erkannte, daß sie überhaupt keine Antwort erwartete. Sie war überzeugt, eine unbestreitbare Wahrheit auszusprechen. Sie zweifelte nicht an ihren Visionen. Sie war sich ihrer sicher. Ihre gebeugte Gestalt strahlte diese Sicherheit aus.

»Ja, Sie sind eine unglückliche Frau. Die Männer haben Ihnen übel mitgespielt. Vor allem einer.« Mir war nicht nach Lachen zumute. Ich wollte immer noch glauben, daß sie ins Blaue hinein redete. Das war es, sie ließ einen Versuchsballon los, sie begnügte sich mit Belanglosigkeiten, mit vorgefertigten Sprüchen, sie hätte das zu jeder Frau sagen können. Und doch fühlte ich, wie sich ein Kloß in meiner Kehle bildete. Es hat einen guten Grund, daß ich mein Horoskop nie befrage: Entgegen aller Vernunft befürchte ich, darin die Ankündigung meines Unsterns zu lesen.

»Er hat Sie verlassen, nicht wahr? Er hat Sie wegen einer anderen verlassen.« Ich hatte das Gefühl, ihre Fingernägel grüben sich in meine Handlinien, zerfetzten sie, eine Wunde öffnete sich, begänne zu bluten. Der Druck ihrer Hand veränderte sich jedoch nicht. Die Kratzer und die Wunde gab es nur in meinem Kopf.

»Und Sie, Sie versuchen immer noch, die Verbindung aufrechtzuerhalten. Sie versuchen es. Sie wehren sich.« In diesem Augenblick hätte ich gewollt, daß sie den Kopf hebt, damit ich ihr in die Augen blicken könnte. Die schlagenden Wahrheiten und die so treffenden Worte im Mund einer Unbekannten, die von meiner Sprache fast nichts verstand, waren nicht mehr auszuhalten. Ich hoffte, es handle sich um einen Schwindel, um einen Betrug. Ich täuschte mich.

»Das nützt nichts. Hören Sie auf. Erniedrigen Sie sich nicht länger.« Ich verberge nichts vor dir, bemerkst du es? Ich könnte verschweigen, was mir keine Ehre macht, aber nein. Diese Art, mich zu durchleuchten, auch diese Brutalität, waren beunruhigend. Und ich will, daß du es weißt. Daß du weißt, auf einer Insel, die Kuba heißt, gibt es eine Frau, eine Alte, die unsere Geschichte erzählt, vielleicht weitererzählt. Und die mir rät, sie mir aus dem Kopf zu schlagen.

»Sie haben sich so sehr und so schlecht geliebt, alle beide.« Der Satz war wie ein Todesstoß. Er sauste nieder wie ein Fallbeil. Ich hörte das Geräusch der Klinge, die auf der Stelle die Nacken durchtrennt. So sehr und so schlecht geliebt.

Kann man genauer ins Schwarze treffen?

Ich habe mich umgesehen. Immer noch dasselbe Pflaster, dieselben zerbröckelnden Fassaden, dieselben ruhigen Gassen, dieselben akkuraten Gesten der Schachspieler und die Silhouette eines vielleicht achtjährigen Kindes, das mir einen zerstreuten Blick zuwarf, während es in einem Haus verschwand.

»Ich weiß nicht, warum es Ihnen nie wirklich gelungen ist, sich zu begegnen.« Sie hatte keine Antworten, sie stellte nur die Fragen. Sie war eine Wahrsagerin, die die Probleme nicht löste, die keine Erklärungen und keine Ratschläge gab. Sie benannte nur das Unglück. Mit meisterhafter Genauigkeit.

Ja, Clément, warum haben wir in den Vorhöfen haltgemacht? Wüßtest du eine Antwort darauf? Mir geht es wie der Wahrsagerin: Ich sehe das Unglück, und ich verstehe es nicht.

Sie hat meine Hand losgelassen und zu mir aufgeblickt. Du kannst dir ihre Niedergeschlagenheit, ihre heillose Traurigkeit nicht vorstellen. Du kannst dir nicht vorstellen, wie groß ihr Mitleid war. Ich habe gedacht: Das bin ich also, eine Frau, die man bedauert, der man nicht einmal mehr helfen kann, die man in ihr Unglück rennen lassen muß. Die Wahrsagerin hat mich auf einem Platz in Trinidad stehenlassen, ohne Geld zu verlangen. Ich habe mich gefragt, ob sich der Arzt, der seinem Patienten mitteilt, daß er eine unheilbare Krankheit hat, die Untersuchung bezahlen läßt. Ich denke nein.

Ich erspare dir nichts, nicht wahr? Aber wie soll ich allein mit diesem Ereignis zurechtkommen, mit diesen Worten der alten Frau, die mich bestimmt noch tagelang verfolgen werden? Indem ich dich daran teilhaben lasse, mache ich sie mir erträglicher.

Morgen kehre ich nach Havanna zurück. Ich werde dort nicht mehr lange bleiben.

Ich küsse dich.

Louise

New York

Clément,

ich schreibe dir erneut, obwohl du mir nicht geantwortet hast. Du hattest immerhin meine Adresse: Sie stand oben auf dem Briefpapier des Hotels. Ich ahnte ja (oder wußte es, nein: ich ahnte es, ist weniger tragisch), daß ich keine Antwort erhalten würde. Natürlich würdest du schweigen, würdest dich nicht melden. Vielleicht hast du bei der Lektüre meiner Briefe eine gewisse an Nachsicht grenzende Traurigkeit empfunden und vielleicht hat dich die Zurschaustellung meiner Neurose etwas berührt. Aber wenn dein Mitleid überhaupt erregt wurde, muß es dich sehr bald wieder verlassen und einer Erschöpfung und der Weigerung, mein Spiel mitzuspielen, Platz gemacht haben. Du mußt gedacht haben: Sie versucht Schuldgefühle in mir zu wecken, selbst wenn sie das Gegenteil behauptet, aber ich mache da nicht mit. Vielleicht hast du dich auch an unsere Liebe erinnert – du hast doch nicht alles ausblenden können, es gab so etwas wie einen Schub, ein Aufwallen –, aber du hast dich sofort wieder gefangen. Keine Frage, man läßt sich nicht moralisch erpressen. Und du hast dir überlegt, daß es immer noch das Klügste sei, an deinem Entschluß festzuhalten (denn zu schweigen ist ein Entschluß, nicht wahr?), nicht von ihm abzuweichen. Und was hättest du mir auch sagen sollen? Die Wahrheit ist, daß du mir nichts mehr zu sagen hast.

Ja, ich ahnte, daß du mir nicht antworten würdest. Trotzdem versuchte ich, allem Augenschein und selbst aller Vernunft zum Trotz, keine Möglichkeit auszuschließen. Ohne es mir einzugestehen, dachte ich: Post von ihm ist höchst unwahrscheinlich, aber nicht völlig unmöglich. Du siehst, entgegen meinen Versicherungen habe ich die Hoffnung noch nicht aufgegeben.

Oder er schickt mir vielleicht ein anderes Zeichen, wenn schon kein Brief kommt. Wir haben noch zwei oder drei gemeinsame Bekannte. Es wäre dir ein leichtes gewesen, wie nebenbei und vor allem ohne den Eindruck von Vertraulichkeit zu erwecken, zu einem von ihnen zu sagen: »Ich habe Neuigkeiten von Louise. Sie macht Urlaub in Havanna.« Nur das. Dein Gesprächspartner wäre wohl im Bestreben, sich nicht einzumischen, kaum auf die vergangene, im Dunkel liegende Zeit eingegangen. Er hätte sich damit begnügt zuzustimmen oder hätte eine leichte Verwunderung gezeigt, und die Unterhaltung hätte eine andere Richtung genommen. Der Freund hätte deine Äußerung später Jeanne erzählt, die, immer um Ehrlichkeit besorgt, nicht gewagt hätte, sie mir vorzuenthalten.

Aber nein.

Ich weiß nicht, wie ich darauf reagiert hätte. Wäre eine Welle von Glück, wäre Erleichterung über mich gekommen? Hätte sich mein ganzes Wesen nach Monaten der Anspannung auf einen Schlag entkrampft? Wäre es gewesen, als würde ein Schraubstock gelöst? Oder als erschlaffte ein Körper? Ich stelle mir auf alle Fälle eine Entspannung vor, eine Gelöstheit, zum ersten Mal seit langem.

Oder, im Gegenteil, ein Erstarren. Eine Lähmung?

Gewiß, mit diesem Zeichen wäre alles andere wiedergekommen: alles, was wir einander gewesen sind, was wir geteilt haben, und was ich verloren habe. Wenn alles, was mir genommen worden ist, wie ein Bumerang zurückgekehrt wäre, hätte mich das wahrscheinlich aus der Bahn geworfen. Ich sollte dir dankbar sein, daß du mir dieses Wiederaufleben des Schmerzes nicht zugemutet hast.

Denn dieses Zeichen hätte mir bald nicht mehr gereicht, ich kenne mich. Es hätte eines weiteren bedurft. Damit es nicht umsonst, eine Geste ohne Folgen geblieben wäre. Du hättest einen Spalt geöffnet, und die Versuchung, mich dort hineinzustürzen, wäre groß gewesen. Ich hätte gegen alle Vernunft eine Wiederaufnahme des Kontakts erwogen. Und in diesem Moment wäre ich unvermeidlich erneut an deinem Schweigen, an deiner Weigerung gescheitert. Davon hätte ich mich nicht mehr erholt. Du hast recht gehabt. Diesen Satz wiederhole ich mir, um nicht verrückt zu werden.

Aber vielleicht hast du dir nicht einmal die Mühe gemacht, mich zu lesen. Ja, als der Brief ankam, als du meine Schrift erkannt hast, hast du den Umschlag gar nicht erst geöffnet (du hast die Brücken nicht umsonst hinter dir abgebrochen, nicht wahr?), und du hast ihn in die erstbeste Tonne geworfen zu dem anderen Müll. Ich sehe die Tinte meines Füllers, verschmiert und zersetzt von den Abfällen oder aber begraben unter den Ascheresten deiner Zigaretten, vor mir. Nun, vielleicht ist das der einzig angemessene Platz.

Trotzdem, ich bleibe dabei. Ich bin noch nicht imstande zu verzichten.

Diesmal schreibe ich dir aus New York. Ich konnte nicht widerstehen. Ich konnte nicht anders: Ich mußte hierher zurückkehren, auf das Territorium unserer vergangenen Liebe. Ich bin unverbesserlich.

Von Havanna aus ist es unmöglich, direkt nach New York zu fliegen. Flüge zwischen Kuba und den Vereinigten Staaten sind immer noch verboten, Haß und Dummheit haben in den letzten fünfundvierzig Jahren nicht abgenommen. Ich mußte also den Weg über Kanada nehmen. Von Montreal habe ich nichts gesehen, außer dem Flughafen. Ich bin gleich weitergeflogen. Trotzdem glaubte ich durch das Bordfenster etwas Schnee in der Umgebung zu erkennen, weiße schmutzige Flecken an den Bäumen und in den Parks. Diese kalte Fahlheit überraschte mich nach der erdrückenden Hitze der vergangenen Wochen. Ich verstehe wirklich nicht viel von Geographie.

Ich habe sehr gezögert, mußt du wissen. Ich dachte, ich würde in Big Apple auf Schritt und Tritt an die Stunden mit dir erinnert, an die langen ziellosen Bummel durch die Straßen, an das mehrmalige gemeinsame Durchqueren Manhattans. Ich war mir nicht sicher, ob ich standhalten würde, aber ich mußte es versuchen, mußte ausprobieren, ob ich dazu in der Lage war. Wenn ich diesen Test bestand, dann war eine Heilung nicht ausgeschlossen. Nun, du wirst zufrieden sein zu erfahren: Ich lebe noch, ich gehe die Avenues entlang, ich betrete die Boutiquen, in die ich dich geschleppt habe, und ich breche nicht zusammen. Manchmal empfinde ich sogar ein gewisses Vergnügen.

Das erfordert Charakter, glaube mir. Ich entdecke, daß es mir daran nicht fehlt.

Allerdings wohne ich nicht wieder im Paramount. Gewiß, ich habe die Stimmung »Spionageromane der fünfziger Jahre« gemocht und diese Art Chic, der von den Details ausging, den Lampen, den Sesseln, diese ganze merkwürdige, ein wenig stickige, düstere Atmosphäre. Der Blick aus unserem Zimmer war eher langweilig, aber da wir unsere Zeit draußen oder im Bett zubrachten, war die Aussicht nicht so wichtig. Ich wollte nicht Gefahr laufen, deinem Phantom zu begegnen, mich zufällig mit Nebensächlichkeiten konfrontiert zu sehen, die man glaubt, vergessen zu haben, und die im Bruchteil einer Sekunde wieder da sind und einem ins Gesicht springen; einem Hotelpagen über den Weg zu laufen, der uns ein Frühstück brachte, mich an Möbeln zu stoßen, in Fluren herumzutaumeln. Und außerdem schätze ich den Tumult des Broadway nicht so wie du. Du schwärmst von dem Verkehr, den Lichtern, dem Gewühl. Ich finde, das schwappt über, das erbricht sich, das ist ordinär, das Autohupen belästigt mich, die Menschenmengen machen mir angst, das Talmi verwirrt mich. Ich habe daher einen ruhigeren Ort gewählt, in einem Viertel am Central Park. Jeanne hat mir das Milburne empfohlen. Es ist ein bescheidenes Hotel, etwas abseits, in einer Straße mit Bäumen an der 76sten Straße. Es herrscht wenig Verkehr, die Aussicht ist angenehm, man ist ungestört. Natürlich muß man die Einfachheit mögen. Ich mag nichts lieber als das.

Du wirst nicht umhin können festzustellen, wie widersinnig es ist, nach New York zu gehen, um dort Ruhe zu finden. Du hast immer gesagt, daß Leute, die auf der Suche nach Seelenfrieden sind, gut daran täten, sich für die Schweiz zu entscheiden, du hattest nicht unrecht. In Manhattan weiß man von vornherein, daß man sich an der Dringlichkeit und Maßlosigkeit reiben wird. Und trotzdem glaube ich, daß man dort etwas Harmonie und Frieden finden kann. Ich jedenfalls bemühe mich jeden Tag, eine langsame Frau zu sein.

Dabei helfen mir meine Spaziergänge im Park. Sie werden zu einem Ritual: Ich beginne meine Tage mit einem Frühstück im Central Park, in dem Café am Eingang rechts, wenn man von der Fifth Avenue kommt, du weißt schon, dem, wo Blechstühle draußen stehen und wo es einen kleinen Kiosk gibt, an dem man seine Sachen bestellt, es hat, glaube ich, keinen Namen, oder aber ich habe nicht darauf geachtet, ich achte nicht mehr darauf, ich gehe auf direktem Weg automatisch dorthin, die Bedienung kennt mich, es ist fast jeden Tag dieselbe, am Wochenende ist es eine etwas kräftige, ältere Schwarze, mit einer dicken Brille, die nicht sehr gesprächig ist, die mir aber jedesmal zulächelt, sie amüsiert sich, wenn sie mich mit meinen französischen Zeitungen kommen sieht, ich sage ihr, daß es die von vorgestern sind, sie verdreht die Augen und serviert mir meinen heißen Kaffee in einem Becher, ich habe nicht herausbekommen, woraus diese Becher gemacht sind, aus welchem Material, es fühlt sich wie Polystyrol an und ist weich, aber meine Lippen kleben daran fest, hier also beginne ich meine Tage, selbst wenn der Himmel bedeckt ist, setze ich mich auf einen der Blechstühle, ich blättere die Zeitungen durch, ich mache mir Notizen für die Artikel, die ich denen in Paris versprochen habe und die ich vom Hotel aus faxe, ich schaue den joggenden Amerikanern zu, es ist eindrucksvoll, wie viele Leute morgens im Central Park laufen, wirklich eindrucksvoll, sie gleichen sich, sie sind jung und schön, sie zeigen kein Gramm Fett zu viel, man muß sich fragen, wieso sie laufen, wahrscheinlich gerade deshalb, in diesem Land, in dem die Dickleibigkeit so verheerend um sich greift, die Leute, die im Central Park laufen, sind alle jung, schön und schlank, ich schaue ihnen zu, während ich meinen Kaffee trinke, ich denke mit keinem Gedanken daran, es ihnen nachzumachen, ich bin nie besonders sportlich gewesen, ich bin sogar geradezu faul, ich stehe zu meiner Bequemlichkeit, meiner Trägheit, ich bin hier als Zuschauerin, ich mische mich nicht unter die anderen, ich halte mich etwas abseits, wie jemand, der nicht bleiben wird, ich bin eine Fremde, die Wochen hier ändern nichts daran, und außerdem isoliert einen die Traurigkeit immer.

Obendrein entspricht dies meiner Stimmung. Meistens kehre ich danach ins Hotel zurück, schreibe meine Notizen ins Reine, rufe in der Redaktion an, wo es dann mitten am Nachmittag ist, sie fragen mich, wie es mir geht, ich antworte immer, es gehe mir gut, denn ich will mit ihnen nicht über meinen Seelenzustand reden, sie fragen nicht weiter, unsere Beziehung ist streng beruflich, bar jeder Emotionen, das ist mir recht so. Manchmal berichten sie mir unfreiwillig Neuigkeiten über Leute, mit denen ich verkehrte, wenn es sich um Leute handelt, die wir beide, du und ich, kennen, versuche ich, das Thema zu wechseln, unsere Unterhaltungen dauern nicht sehr lange, ich beschränke meinen Kontakt mit Frankreich auf das absolute Minimum, wenn die Gespräche länger dauern und ich mehr von Paris erfahre, überkommen mich Angstgefühle, von denen ich mich erst nach Tagen wieder erhole.

Ich flaniere viel umher. Aber ich werde dir nicht die Avenues nennen, du kennst sie besser als ich, die Stadt ist dir vertraut genug. Ich sollte dir im übrigen nicht erzählen, wie ich meine Tage zubringe, was hast du damit zu tun? Tatsächlich ist es stärker als ich: Dir zu schreiben, wie ich meine Stunden verbringe, knüpft unbewußt (oder nicht) an den Bericht an, den ich dir zu der Zeit, als du mich in meiner Wohnung in der Rue Campagne-Première besucht hast, über meine täglichen Beschäftigungen gab. Belanglosigkeiten, die die solidesten Paare prägen.

Du warst oft erstaunt über meine Fähigkeit, meine Zeit mit nichts auszufüllen. Du mußtest aktiv sein, immer etwas machen, ein Rendezvous einhalten, jemanden anrufen, einen Bericht verfassen, eine Versammlung in Schwung bringen, ein Frühstück nicht versäumen, Anweisungen erteilen, einen Wagen fahren, ein Flugzeug nehmen, eine Zukunft organisieren, zwei Frauen unter einen Hut bringen. Ich habe dich nie anders als in Bewegung gesehen, unfähig, innezuhalten oder eine Pause zu machen, vor Mußestunden zurückschreckend, Untätigkeit scheuend. Das machte deinen Charme aus: Man war zwangsläufig beeindruckt von diesem Übermaß an Energie, von soviel Aktivität. Man ist versucht zu glauben, aktive Menschen seien lebensvoller als andere, das bestätigt sich jedoch nicht immer. Ich wurde durch dein Glühen geblendet. Dafür warst du regelmäßig mit meiner Untätigkeit geschlagen. Aber du brauchtest eine Frau, die das Gegenteil von dir war, wir hätten einander aufgehoben, wenn ich dir geglichen hätte, oder wir hätten miteinander konkurriert, das hättest du noch weniger ertragen können als meine Faulheit. Ich stand spät auf, sehr spät, um ein Uhr, wenn du bestimmt schon dein halbes Tagewerk vollbracht hattest, ich bummelte lange in der Wohnung herum, ging ins Café hinunter, um meine Zeitungen zu lesen, du siehst, es hat sich nichts verändert, ich genoß den Luxus, von niemandem abzuhängen, meine Artikel schreiben zu können, ohne jemandem Rechenschaft abzulegen, ohne wirklichen Druck, außer manchmal bei der Endredaktion, ich war frei von Verpflichtungen, ich hatte kein anderes Bestreben, als auf dich zu warten, ich dachte, es sei ein angenehmes Leben, zu schreiben und zu warten. Ich denke es immer noch.

Ich habe dich nicht gefragt, hinter was du hergelaufen bist, diese Art Fragen hätten dich nervös gemacht, aber sie hätten es dennoch verdient, gestellt zu werden. Ja, hinter was genau bist du hergelaufen? Hinter was läufst du noch heute her? Was bezweckst du mit diesem schönen Ausreißversuch, dieser irrsinnigen Jagd, dieser Flucht nach vorn? Welches Ziel verfolgst du damit? Wird es einen Augenblick geben, wo das alles vorbei sein wird? Existiert ein Limit, ein Resultat? Oder trägt das Getriebensein seinen Sinn in sich selbst? Du hättest mir geantwortet, man müsse eben seinen Lebensunterhalt verdienen und seine Tage ausfüllen, irgend etwas von der Art, etwas offensichtlich Unwiderlegbares, und ich hätte nicht weiter nachgefragt. Ich habe mich nie mit dir anlegen wollen, denn ich wußte, daß ich unweigerlich den kürzeren ziehen oder bei einem möglichen Erfolg zuviel Federn lassen würde. Vom allerersten Anfang unserer Geschichte an habe ich zugelassen, daß du stärker warst als ich, daß meine Niederlage unvermeidlich war. Ich kann also nicht behaupten, ich hätte nicht gewußt, in welchem Zustand ich enden würde: in Fetzen. Geschwächt, aber bei Bewußtsein. Im Grunde habe ich das, was ich verdiene.

Jetzt, wo ich eine zugrunde gerichtete Frau bin, male ich mir Siege aus. Ich habe mir zum Beispiel häufig folgenden Moment vorgestellt: Ich gehe am Arm eines Mannes, den ich liebe und der mich liebt, durch Paris und treffe dich, du bist zunächst überrascht und dann sehr schnell etwas ärgerlich, vielleicht eifersüchtig, ich sehe es an deinem Gesicht, das sich leicht rötet, an deinen Zügen, die sich verkrampfen, an deinem Blick, der sich verdunkelt, und ich amüsiere mich über deinen Ärger, ich stelle dir den Mann an meiner Seite vor, er heißt Stéphane oder Christophe, er hat auf alle Fälle einen Namen, der häufig vorkommt, vielleicht auch Arthur, das ist ein Name, für den ich schwärme, der Mann ist sehr schön, seine Schönheit ist wirklich unbestreitbar, sein Äußeres macht Eindruck, flößt Achtung ein, er ist noch jung, etwas jünger als ich, also etwas jünger als du, und diese Jugend, diese Schönheit, das ärgert dich auf der Stelle, du bist allein, Claire begleitet dich nicht, zum Glück übrigens, denn du reichst ihr schon lange nicht mehr den Arm auf der Straße, du bist allein, ich betrachte deine Einsamkeit und deine Dürftigkeit, sie machen mir Vergnügen, man kostet seine Rachegefühle aus, wenn sich die Gelegenheit bietet, wir reden vom Wetter, von Belanglosigkeiten, wechseln Gemeinplätze, ich lache, ich trage ein Lächeln auf meinen Lippen, von dem ich mich nicht trenne, ich lehne meinen Kopf lässig an die Schulter von Stéphane oder Christophe oder Arthur, es ist eine gut geübte, gut einstudierte Lässigkeit, ich scheine dir zuzuhören, aber ich höre dir nicht zu, ich beobachte die Bewegungen seiner Lippen, du bist verlegen, du möchtest unbedingt Worte finden, du willst nicht, daß sich Schweigen einstellt, und dann ist es plötzlich vorbei, wir trennen uns, hier, auf einem Gehweg, versprechen, uns anzurufen, ahnen, daß wir es nicht tun werden, jeder geht seiner Wege, und ich stelle mir vor, daß du dich umdrehst, um mich ein letztes Mal zu sehen, um das Bild meines Glücks vor Augen zu haben, und dieses Bild tut dir weh, es erfüllt dich mit Bedauern, auch mit Gewissensbissen, es ist mild, der Sommer lockt, ich trage ein leichtes Kleid, ich lächle, ich genieße meinen Triumph.

Ich gehe allein durch die Straßen Manhattans. Kein Mann ist an meiner Seite. Ich habe niemanden, an dessen Schultern ich meinen Kopf oder meinen merkwürdig müden Körper lehnen könnte. Von dieser Seite hat sich nichts getan. Nein, niemand hilft mir oder zeigt mir den Weg. Ich gehe blind weiter und riskiere jeden Augenblick einen Unfall. Taxis rasen vorbei und hupen, ohne daß ich sie hätte kommen sehen, die Chauffeure beschimpfen mich, ich erkenne sie hinter ihren Windschutzscheiben, sie bedenken mich mit obszönen Gesten, ich muß auf die Seite springen, um nicht überfahren zu werden, verschlungen zu werden von dieser gelben Flut. Aber wer weiß, vielleicht entbehrt es nicht einer gewissen Logik, von einem Wagen zermalmt zu sterben?

Ich lasse mich von den Wogen der Passanten forttragen, indem ich der Menge ziellos folge, an den Fußgängerüberwegen anhalte und weitergehe, wenn ich von denen, die hinter mir warten, gestoßen und beschimpft werde. Ich schließe mich der Meute an, und wenn ich aus Zufall oder wegen meiner Willenlosigkeit den Anschluß verliere, bin ich völlig manövrierunfähig und entwaffnet, ich brauche mehrere Sekunden, um zu mir selbst zurückzufinden, um meine Umgebung wahrzunehmen. Und um in meine Einsamkeit zurückzukehren.

Ein Mal, ein einziges Mal, ist ein Mann, ein alter Mann, auf mich zugekommen, um mir seine Hilfe anzubieten. Mein Aussehen mußte ihn beunruhigt haben, meine Passivität, die einem Verzicht glich. Er hat ein paar Worte in einem sehr sanften, ganz leisen Ton gesagt, so wie man mit Kranken spricht. Ich habe ihn angelächelt, und mein Lächeln enthielt Tränen, ich habe sie an meinen Augenrändern gespürt. Er hat sich noch zuvorkommender gezeigt, seine Rührung war sichtbar, sein Mitgefühl greifbar. Er hat mich wie eine Märtyrerin oder wie eine Heilige angesehen. Der Kummer verleiht einen Heiligenschein. Und außerdem enthebt er einen jedes Verdachts der Bosheit oder der Mittelmäßigkeit. Und ich bin entzückt gewesen, daß dieser Mann, nur weil mein Blick feucht war und eine gewisse Verlassenheit von meinem ganzen Wesen ausging, für einen Augenblick geglaubt hat, ich sei nett und schuldlos und rein. Aber das bin ich nicht. Nein, ich bin nicht rein.

Natürlich bin ich zum Ground Zero gegangen. Es war unmöglich, nicht dorthin zu gehen. Ich habe etwas gezögert. Ich hatte Angst vor dem Hauch Disneyland, der der Sache anhaftet. Vor den Trauben von Touristen, den Schlangen von Fremden, die dorthinkommen, wie zur Besichtigung eines Zoos. Vor den grotesken, im Vorübergehen aufgeschnappten Überlegungen, den banalen Bemerkungen. Ich hatte Angst, daß die Menschen die unbedingte Notwendigkeit innerer Andacht nicht erkennen würden: Auf einem Friedhof ist man andächtig, man spricht dort nicht, und Ground Zero ist wie ein von Gespenstern bevölkerter Friedhof. In Wirklichkeit fürchtete ich, daß mich Rührung übermannt. Ich konnte mich noch so sehr anstrengen, vernünftig zu sein. Mich daran erinnern, daß in Afrika täglich mehr Frauen und Männer sterben, als beim langsamen, unaufhaltsamen Einsturz der Twin Towers gestorben sind. Zugeben, daß die Überheblichkeit ihren Preis hat und daß dreitausend Leben nicht unbedingt ein zu teurer Einsatz sind. Ich kenne mich: der Tod ganz normaler Menschen bei einem Abenteuer, das sie nicht verschuldet haben, hat mich immer verheert, das Opfer Namenloser bei einem schrecklichen Aufschrei der Geschichte, hat mich immer vernichtet. Ich habe mich nicht getäuscht: Die aneinandergereihten Namen der unschuldigen Opfer vom 11. September haben mich zum Weinen gebracht. Ich konnte nicht lange bleiben. Ich habe es vorgezogen zu gehen.

Du kennst das, besser als irgend jemand sonst: meine Empfindlichkeit angesichts des Unwiederbringlichen, mein Entsetzen angesichts des Unbegreifbaren.

Wieder habe ich mich von meinen Schritten leiten lassen, und schließlich bin ich an der Central Station gelandet. Ich kenne die genauen Ausmaße der Bahnhofshalle nicht, aber wenn ich in einem Reiseführer nachschlagen würde, könnte ich es zweifellos erfahren. Ich weiß nur, daß ich mir dort winzig vorkomme. In dieser Stadt, in der alles unverhältnismäßig groß ist, fasziniert und bezaubert mich die Riesenhaftigkeit der Central Station am meisten. Wenn ich den Kopf hebe, um die Decke zu betrachten, die das Himmelsgewölbe darstellt, verliere ich jedes Raumgefühl, ich fühle mich nicht mehr mit der realen Welt verbunden. Dabei ist das Gewühl unübersehbar und die stampfende Menge unüberhörbar, aber es ist, als entmaterialisierte sich das, als umgäbe es mich, ohne mich wirklich zu erreichen. Von dort oben aus gesehen, müssen wir wie Ameisen wirken, geschäftige, hastende Ameisen, und ich bin der unbewegliche Punkt, der mikroskopisch kleine Störfaktor, das beinahe Nichts, das mitten in der Unordnung stillsteht, ein kleines Kind aus dem Märchen, das zum Himmel aufblickt. Selbst wenn man mich anrempelt, selbst wenn die Flut mich erfaßt, kann ich lange Zeit so verweilen. Wenn ich dann wieder um mich schaue, befinde ich mich mehrere Meter von der Stelle entfernt, an der ich ursprünglich stand. Es erschreckt mich nicht, daß ich gegen meinen Willen weitergeschoben worden bin, ich leiste keinerlei Widerstand.

Ich schreibe das alles ohne die Absicht, meine Gedanken auf dem Papier zu ordnen. Ich schreibe das, was mir in den Sinn kommt, ohne auf die Logik Rücksicht zu nehmen und ohne ein Ziel zu verfolgen. Dieser Brief ist das Produkt eines Augenblicks, genauer gesagt, des Moments, in dem er verfaßt wird, und der Spiegel meiner planlos verbrachten Tage. Du, der die Genauigkeit schätzt, wirst das beklagen, aber was willst du, man ändert sich nicht.

Ja, gewiß, es wäre besser, etwas zu wollen, sich ein Ziel zu setzen. Dann würde dich die Lektüre meiner Worte nicht so völlig aus der Fassung bringen. Du wärest ärgerlich, oder belustigt oder hingerissen, oder du würdest zumindest ein Gefühl empfinden, dem du einen Namen geben könntest. Aber selbst dieses Entgegenkommen erweise ich dir nicht. Wenn ich wüßte, was ich will, wärest du in der Lage, darauf zu reagieren, könntest eine Entscheidung treffen, sie formulieren, aber ich erlaube dir nicht einmal, eine Meinung zu haben. Du sollst dir nur sagen: Sie ist verrückt, sie ist auf einem Irrweg, denken wir nicht mehr daran. Tatsächlich müßtest du mir dankbar sein: Ich mache dir keinerlei Vorwürfe, stelle dir kein Ultimatum, äußere keinen Wunsch, keine Bitte. Ich begnüge mich damit, dir Sätze an den Kopf zu werfen, wie zerstreute Kinder, die keine Antwort auf ihr Geplapper erwarten. Oder wie autistische Gören, die keine Verbindung zur Welt haben, weil sie sich ihre eigene erschaffen haben.

Damit du jedoch nicht völlig enttäuscht wirst und das Gefühl hast, deine Zeit verloren zu haben (ich vergesse nicht, daß du die Vergeudung von Zeit verabscheust), mache ich dir eine Enthüllung: Einmal habe ich mir die andere Frau angesehen, die, mit der du offiziell ein vorzeigbares Paar bildest, mit der du eine Zukunft planst, nennen wir sie bei ihrem Vornamen: Claire.

Ich kann mir das Gesicht gut vorstellen, das du in dieser Sekunde machst, die Bestürzung, die Nervosität, die Unruhe, das Anschwellen der Halsschlagadern, das Kauen auf der Unterlippe, die hochgezogenen Lider, die gerunzelten Brauen. Und die Tatsache, daß ich deine Reaktion beschreibe, wird die Sache nicht besser und deine Verwirrung noch größer machen. Hast du ein wenig Angst? Hast du Muffensausen, sag? Fürchtest du dich vor dem, was sich zwischen ihr und mir abgespielt haben könnte? Sind das die Gedanken, die dir genau in diesem Moment durch den Kopf gehen, dich bestürmen, dich quälen? Fragst du dich, ob ich geredet habe? Ob sie von uns weiß? Ob sie es vor dir verheimlicht hat? Und warum sie es vor dir verheimlicht hat? Glaubst du, sie weiß von deinen Schandtaten, von deinen Manipulationen, weil ich ihr davon erzählt habe, und sie hat die ganze Zeit geschwiegen? Ist gerade etwas zerbrochen? Oder erstarrt? Ich sollte nicht so mit deinen Nerven spielen, es ist nicht meine Art, boshaft zu sein. Ich gebe zu, es ist eine Schwäche, nicht boshaft zu sein.

Sei unbesorgt: Du hast keinerlei Grund, Angst zu haben, ich habe dich nicht verraten (ich werde dich nicht verraten). Das ist im übrigen ein weiterer Unterschied zwischen uns. Du hast verraten. Du hast nicht gezögert zu lügen, sie anzulügen. Während unserer Beziehung hast du ihr nicht ein einziges Mal von mir erzählt. Du hast Treffen, Auslandsreisen, berufliche Zwänge erfunden. Du hast das Glück, einen Beruf zu haben, der dir solche Ausflüchte erlaubt. Sie hat sich an deine Abwesenheit, an deine Verpflichtungen, an deine Unabkömmlichkeit, an die abgebrochenen Telefonate, an die Abschirmung durch deine in alles eingeweihte Sekretärin gewöhnt. Sie hat dich nie anders gekannt als überlastet und überlenkt. Und außerdem vertraut sie dir. Du bist an eine Frau geraten, die Männern vertraut, solche Frauen begegnen einem nicht alle Tage.

Und selbst als du dich von ihr getrennt hast, um zu mir zu kommen und mit mir zu leben, hast du ihr nicht gestanden, daß du sie meinetwegen verlassen, daß du sie durch mich ersetzt hast. Du hast mir versichert, daß es ihr zu weh getan hätte, zu erfahren, daß sie betrogen worden ist, es sei besser, dem Schock der Trennung nicht noch die Kränkung des Ehebruchs hinzuzufügen. Ich habe es widerspruchslos hingenommen. Kurz gesagt, es war mir ziemlich egal, wie du dich aus der Affäre ziehst, was zählte war, daß du endlich da warst, bei mir. Ich hätte nicht so kurzsichtig, nicht so bescheiden sein sollen. Man darf sich nicht damit zufriedengeben, eine Schlacht zu gewinnen. Man muß sich klarmachen, daß man einen Krieg führt und muß die totale Kapitulation des Gegners erreichen. Ich war unglaublich naiv.

Und als du wieder zu ihr zurück bist, hast du ihr die Wahrheit erst recht nicht gestanden. Du bist kleinlaut und untröstlich heimgekehrt, um Entschuldigung nicht für den Verrat, sondern allein für dein Weggehen bittend. Sie hat keine Erklärungen verlangt, sie hat dich wieder aufgenommen, überglücklich darüber, daß du wieder ins warme Nest zurückgekehrt bist. Du bist an eine Frau geraten, die keine Fragen stellt, sie sind selten. Oder an eine kluge Frau, sie sind bewundernswert.

Du fragst dich vielleicht, woher ich weiß, daß sie sich so versöhnlich, so wenig argwöhnisch gezeigt hat. Du weißt, daß wir immer noch ein paar gemeinsame Freunde haben, es hat gereicht, daß einer von ihnen sich etwas gesprächiger zeigte als die anderen. Es ist in der Tat niederschmetternd, immer findet sich jemand, der dir erzählt, was du nicht wissen willst und was dich vernichten wird, jemand, der dir einen Dolch in die Rippen stößt und dabei behauptet, er habe keine andere Absicht, als dir zu helfen.

Nach deiner Rückkehr zu Claire habe ich die Begegnung mit ihr herbeigeführt. Ich wollte sehen, wie sie ist. Das mag dir kindisch oder tragisch vorkommen, aber es ist so: Ich brauchte das. Ich ahnte, daß das nichts ändern würde, daß es meinen Kummer zweifellos noch verstärken würde, daß es mir bestimmt weh tun würde, und trotzdem konnte ich nicht anders, die Notwendigkeit zu wissen siegte über die Furcht, es zu bedauern. Es ging mir nicht darum, es zu einer Konfrontation kommen zu lassen. Nur darum, ihr gegenüberzutreten, der Nichtwissenden, sie zu sehen und zu versuchen, sie zu verstehen. Ich mußte dem Rätsel auf die Spur kommen, weshalb du sie mir vorziehst, mußte versuchen zuzugeben, daß du die richtige Wahl getroffen hast, daß sie eindeutig und nicht abzuwenden war. Und dann wollte ich mich ihr überlegen fühlen, wollte, daß das Ungleichgewicht zwischen uns – und sei es nur für ein paar Minuten – zu meinen Gunsten ausschlägt. Der einzige Erfolg war natürlich, daß ich mich elend fühlte.

Es ist komisch: Genau in dem Augenblick, als ich sie gesehen habe, habe ich mich an die diskrete Demütigung unserer zeitlich begrenzten Umarmungen erinnert, wenn du mich mitten in der Nacht, nach einer kurzen Dusche, verlassen mußtest, um zu ihr zurückzukehren.

Claire ist schön, ich denke nicht daran, es zu leugnen. Ich könnte es anders formulieren, könnte Adjektive ausfindig machen, um sie zu beschreiben, Bilder gebrauchen, um diese Schönheit zu verdeutlichen; am Ende würde doch nur die Gewißheit, die Wahrheit stehen: Claire ist schön.

Aber ich sage dir nichts Neues.

Sie wirkt elegant, das ist ein abgedroschener Ausdruck, der so unüberlegt und inflationär gebraucht wird, daß er nichts mehr besagt, und doch trifft er genau auf sie zu. Sie hat eine edle Kopfhaltung, einen straffen Nacken, ohne deshalb herablassend oder überlegen zu wirken. Eine Art, die anderen auf Distanz zu halten, ohne arrogant zu sein. Fast so etwas wie Schüchternheit.

Es hätte mir ins Konzept gepaßt, wenn sie unausstehlich gewesen wäre oder nicht verstanden hätte, sich zu benehmen, aber nein, sie hat ein entgegenkommendes Wesen. Trotzdem ziehe ich kantigere, ausgeprägtere, weniger glatte Frauen vor.

Ich bin überrascht gewesen, als du mir erzählt hast, daß sie in einer schicken Boutique auf dem linken Ufer beschäftigt ist. Sie kleidet die reichen Gattinnen der Müßiggänger ein. Gewiß, es gibt albernere Berufe. Es gibt auch spannendere Tätigkeiten.

Ich habe mir vorgestellt, sie sei in einer Kunstgalerie,

oder sie arbeite in einem Ministerium, oder sie tue überhaupt nichts. Man macht sich falsche Vorstellungen von den Leuten. Um die Wahrheit zu sagen, ich konnte mir dich einfach nicht an der Seite einer Verkäuferin vorstellen.

Du wirst mir diese letzte Bemerkung vorwerfen. Du hast nie zugelassen, daß ich sie angreife oder auch nur daran denke, sie schlecht zu machen. Du hast Angst davor, daß man deine Wahl in Zweifel zieht.

Ich habe also eines Tages ihre Boutique besucht. Auf den ersten Blick habe ich gesehen, daß sie ihre Aufgabe mit viel Takt verrichtet und ohne sich jemals zu erniedrigen. Das hat mich erstaunt, ich gestehe es. Hinter ihrem Lächeln bewahrt sie Zurückhaltung und Distanz, sie läßt keinerlei Unterwürfigkeit erkennen, womit sie angesichts von Frauen, die gewohnt sind, bedient zu werden, ein Wunder vollbringt.

Sie hat mich angesprochen: Sie hat mir ihre Hilfe angeboten, ich habe sie abgelehnt, ich war nicht darauf vorbereitet, Kontakt aufzunehmen, ihre Geste hat mich überrumpelt, aber sie hat meine Verwirrung zweifellos nicht einmal bemerkt, sie ist den Hochmut gewisser Kunden gewohnt. Schließlich bin ich zu ihr hingegangen, um mich von ihr beraten zu lassen, ich habe ihr nicht zugehört, ich habe mich darauf beschränkt, sie zu betrachten, sie zu mustern, es ist mir nicht gelungen, ihre Schönheit zu übersehen. Du hast einen guten Geschmack.

Ich habe verstanden, was dich bei ihr hält. Ich habe verstanden, daß es dir gefallen muß, dich an ihrer Seite zu zeigen und gleichzeitig das Gefühl von Sicherheit, das sie vermittelt, auszukosten. Diese Vorzüge habe ich nicht.

Alles in allem bin ich weniger als zehn Minuten in der Boutique geblieben. Als ich sie verließ, war meine Niederlage vollkommen. Auf der Straße habe ich mich vornübergebeugt, die Arme über meinem Bauch verschlungen und um Atem gerungen. Den ganzen Tag über habe ich nicht richtig durchatmen können.

Hasse ich sie eigentlich? Ja.

Und doch kann sie nichts für unsere Geschichte. Sie war vor mir da. Sie hat nichts gegen mich unternommen, sie wußte nichts von meiner Existenz. Woher also dieser Haß? Kann man nicht verhindern, daß man das Verschwinden der Rivalin wünscht? Hegt man notwendigerweise die lebhafteste Feindschaft für diejenigen, gegen die man verliert?

Laue Gefühle sind nicht meine Sache. Ebensowenig besonnene Gedanken. Ich habe eine fatale Neigung zu leidenschaftlichen, irrationalen Ausbrüchen, das ist nun einmal so. Ich werde mich nicht mehr ändern. Und ich bin gar nicht so unzufrieden darüber. Das war ein weiterer Anlaß zur Uneinigkeit zwischen uns. Es gab ohnehin genug davon. Aber ich glaubte naiverweise, unsere Unterschiedlichkeit wäre der beste Garant für eine dauerhafte Beziehung. Ich täuschte mich. Am Ende bindet einen das aneinander, was keiner Anstrengung bedarf.

Ich werde New York bald verlassen. Ich habe einfach keine Ruhe und kann es nicht lange an ein und derselben Stelle aushalten. Ich brauche rasch neue Orte. Um den Geist mit Entdeckungen beschäftigen zu können, wenn ich mir selbst überlassen bin. Um den Blick an Unbekanntes heften zu können, während die Gewohnheit blind macht. Um mir die Zeit zu vertreiben, wenn die Langeweile sie zerdehnt.

Ich werde die zum Schachspiel einladenden Tische am Washington Square verlassen, die gespannten Seile der Brooklyn Bridge, die langsamen Fähren von Staten Island, die bekannten Namen auf den grauen Gräbern des Friedhofs der Trinity Church und die unbekannten, die ins grüne Holz der Bänke im Central Park eingeritzt sind, die wachsamen Löwen oben an den Stufen zur Bibliothek, den köstlichen Tee, der im MoMA serviert wird, die ruhigen Fluten des Hudson und all das, was ich vergesse.

Ich werde die verschlossenen Gesichter der immer in Eile befindlichen Frauen im Geschäftsviertel verlassen, die schweren Körper der übergewichtigen Kinder vor den Fastfood-Restaurants, die glänzenden und staubigen nackten Oberkörper der Arbeiter auf den Baustellen im Freien, die unsicheren Schritte der Greise in den wenigen schattigen Straßen, die Rufe der schwarzen Jugendlichen auf den Basketballfeldern, wenn sie den Ball zugeworfen haben wollen, und alle die, die ich vergesse.

Ich werde ohne Bedauern gehen, manchmal kommt es vor, daß ich kein Bedauern empfinde.

Ich werde hier nicht unglücklich gewesen sein.

Ich spüre, daß jeder weitere Tag, den ich hier zubringen würde, zuviel wäre. Man muß rechtzeitig gehen können. Das habe ich inzwischen gelernt.

Ich werde einen Ort am Meer wählen. Oder an einem Ozean oder an einem Fluß. Jedenfalls einen Ort, wo es Wasser gibt. Das ist sicher. Diese Versessenheit auf Wasser verläßt mich nicht. Ich weiß nicht, woher sie kommt. Vielleicht aus der Kindheit. Wasser hat mir nie angst gemacht, auch wenn es gefährlich sein kann. Ganz im Gegenteil, es beruhigt mich. Es gibt mir Sicherheit. Alles wird in seiner Nähe enden.

Ich verabschiede mich von dir.

Der Brief ist ohnehin schon viel zu lang. Ich werde ihn nicht noch einmal lesen. Wenn ich ihn noch einmal lesen würde, schickte ich ihn womöglich nicht ab. Und ich will ihn dir schicken, will glauben, daß Worte nicht nutzlos sind und daß die Zeit, die ich aufs Schreiben verwandt habe, keine verlorene Zeit war.

Du wirst auch auf diesen Brief nicht antworten. Aber wirklich hart war dies nur beim ersten Mal. Inzwischen habe ich mich daran gewöhnt. Ich sage das nicht, um dich herauszufordern, sei ganz beruhigt. Mein Kummer hat mich nur nicht jeden Scharfblick verlieren lassen.

Ich küsse dich. Ja, warum eigentlich nicht? Ich küsse dich.

Louise

Venedig

Clément,

ich gestehe, daß ich das Lied von Aznavour vergessen hatte. Jeanne hat mich daran erinnert. Ich kann jetzt also prüfen, ob die Zeile »Venedig ist zu traurig, wenn man sich nicht mehr liebt« zutrifft. Im übrigen erklärt mir Jeanne ohne Umschweife, mein Zustand beunruhige sie und ich stünde kurz davor, verrückt zu werden. Ich will gern zugeben, daß ich den Anschein erwecke. Daß ich in diese Stadt gekommen bin, aus der ich dir schreibe, kann einen tatsächlich auf den Gedanken bringen, meine geistigen Kräfte seien erloschen. Ich bin jedoch nicht in Venedig, um meine Wunden wieder aufzureißen oder meine Widerstandsfähigkeit zu testen, ich bin lediglich hier, weil ich Sehnsucht nach Italien hatte (ich hatte so oft Sehnsucht nach Italien und so selten Gelegenheit, sie zu befriedigen) und Lust, weiter in eine gewisse Unwirklichkeit einzutauchen.

Denn Venedig ist eine unwirkliche Stadt, ganz und gar erfunden, eine Herausforderung sowohl für den gesunden Menschenverstand wie für die Einbildungskraft, ein fiktiver Ort, eine Theaterkulisse, eine Posse, was weiß ich.

Man stelle sich vor: Eine Stadt, auf dem Wasser errichtet, wirklich erstaunlich. Man sagt, sie sei auf einem Wald von Pfählen erbaut, sie ruhe auf tausenden von Baumstümpfen.

Warum versinkt sie nicht? Warum bricht sie nicht durch das Faulen des Holzes oder zumindest durch ihr eigenes Gewicht zusammen? Es muß eine vernünftige Erklärung geben für diese ungewöhnliche Levitation, aber ich ziehe es vor, an ein Wunder zu glauben. Wunder: Man gebraucht diesen Begriff für Kunstwerke, nicht wahr?

Mein Flieger landete, aus den Vereinigten Staaten kommend, in Rom, wo ich nicht einmal in Betracht gezogen habe, auch nur einen Tag zu bleiben. Ich liebe zwar die geschichtsträchtigen Straßen, die heißen und schmutzigen Steine, die verschlafenen Silhouetten, die wilde Ausgelassenheit, die übertriebene Einvernahme, die etwas gewöhnliche Sinnlichkeit, aber ich suchte etwas anderes. Auf der Stelle habe ich einen Zug bestiegen, er hat mich hierher gebracht.

Venedig muß man vom Bahnhof kommend entdecken. Es ist ein Irrtum zu glauben, man mache seine erste Bekanntschaft am besten vom Wasser aus. Sicher, es ist verlockend, ein Vaporetto zu besteigen, und durch den Canal Grande in die Stadt zu fahren. In gewisser Hinsicht scheint es selbstverständlicher mit den dahinströmenden schwarzen Fluten, in denen sich die Sonne spiegelt, anzukommen. Aber das heißt, das Schauspiel zu unterschätzen, das sich bietet, wenn man auf den Vorplatz des Bahnhofs hinaustritt. Man wird dort augenblicklich vom Zauber, vom Reiz Venedigs in Bann geschlagen. Der Geruch des abgestandenen Wassers ebenso wie der scharfe Gestank des Taubenkots springt einen an. Man steigt die Treppen der Brücke hinauf, die sich linkerhand befindet, und hopp, befindet man sich in einer Märchenwelt.

Ich wohne im Appartement von Jeannes Eltern. Es steht zehn von zwölf Monaten im Jahr leer. Man versichert mir, ich würde ihnen mit meinem Aufenthalt einen Dienst erweisen, weil ich den Schimmel und die Dunkelheit bekämpfe. Ich tue so, als glaubte ich es. Der Gedanke erheitert mich.

Das Appartement ist günstig gelegen (aber was ist in Venedig nicht günstig gelegen?). In wenigen Schritten erreiche ich die Galleria dell'Accademia. Sie hat ein betrübliches Schicksal: Wer möchte hier ein Museum besuchen, wo es draußen soviel zu sehen gibt? Das ist allerdings sehr bedauerlich, denn es beherbergt einige Schätze in seinen Mauern. So habe ich es mir zur Gewohnheit gemacht, jeden Morgen den *Sturm* von Giorgione zu betrachten. Frage mich nicht, warum. Es dient der Gesundheit.

Ich wende der Zukunft den Rücken zu. In welcher anderen Stadt könnte man das besser als hier? Du wirst mir einmal mehr diese Unfähigkeit, nach vorn zu blicken, vorwerfen, dieses Hingewandtsein zur Vergangenheit, meine Neigung zu Erinnerungen. Ich weiß gut, für dich ist es vor allem wichtig, weiterzugehen. Aber wohin anders als in einen Abgrund könnte mich das heute führen? Es ist besser, ich verzichte darauf, wenn ich nicht völlig untergehen will.

Auf alle Fälle – ich wiederhole mich, glaube ich – habe ich nie wirklich verstanden, wohinter die Leute herjagten und warum es ihnen so wichtig war, ihr Leben genau vorauszuplanen. Ebensowenig habe ich verstanden, wem oder was gegenüber sie so unbedingt Boden gewinnen mußten. Selbst als wir ein Liebespaar waren, wollte ich nichts anderes als den Augenblick, die ungreifbare Macht des Augenblicks, und sobald du gegangen warst, rief ich mir voll

Genuß unser Zusammensein wieder in Erinnerung. Ich habe nie über eine mögliche gemeinsame Zukunft nachgedacht. Nie irgendein Ziel verfolgt. Was zählte war, daß du da bist oder dagewesen warst. Ich setzte voraus, du würdest immer da sein. Seit unserer Trennung habe ich gelernt, denjenigen Bewunderung zu zollen, die auf die Dauer setzen und bindende Zusagen von ihren Partnern verlangen. Sie haben recht. Ich habe nicht ihre Ambitionen – oder ihren Zynismus.

Ja, die kleinlichen und kompromißlosen Frauen haben recht. Und das um so mehr, als sie die angeborene Schwäche der Männer nicht unterschätzen. Ich hatte zu viele Handicaps. Der Sieg lag außerhalb meiner Reichweite.

In Venedig wird man offensichtlich alt, das wundert mich nicht. Zwar ist das Klima nicht immer günstig, aber man ist wenigstens nicht dem Trubel und Lärm der Welt ausgesetzt. Das Gefühl, vor dem Ansturm der Modernität sicher zu sein und sich im Einklang mit dem Lauf der Zeit zu befinden, ist erholsam.

Weißt du, was New York und Venedig gemeinsam haben? Dort stürzen die Türme ein. Hier war es der Campanile auf dem Markusplatz. Er ist vor langer Zeit am Morgen eines 14. Juli umgefallen, ohne Lärm zu machen und ohne Opfer zu heischen, das ist der Unterschied. Man kann die altmodische Grazie Venedigs nicht genug loben. Einstürze haben hier nichts Tragisches: die Schönheit hat Vorrang.

Weißt du auch, daß immer weniger Leute in die Kanäle fallen? Man zählt fast keine Ertrunkenen mehr. Nur ein paar unvorsichtige oder zerstreute Touristen stürzen noch aus den Gondeln oder von den Brücken, aus Versehen oder absichtlich. Aber man fischt sie rasch wieder heraus, ehe sie Gelegenheit haben zu sterben. Der Verkehr ist so dicht, daß man nicht mehr in Ruhe ertrinken kann. Immer kommt jemand vorbei, bereit, einen ins Leben zurückzuholen.

Die Gondoliere selbst stürzen dem Vernehmen nach fast nie ins Wasser. Obwohl es sehr viele von ihnen gibt (und es immer wieder zu Engpässen kommt). Ihre Gewandtheit bewahrt sie vor Unfällen. Trotzdem ist man nicht selten um ihre Sicherheit besorgt. Manche ihrer Manöver sehen so akrobatisch aus, daß man sich fragt, wie sie es anstellen, sie auszuführen. Und manche ihrer Haltungen gleichen so sehr Verrenkungen, daß man daran zweifelt, ob es ihnen jemals gelingen wird, sich wieder geradezubiegen, und dennoch mißglückt keiner ihrer Ruderschläge. Du wirst es verstanden haben: Ich berausche mich an dem komischen Ballett der Gondoliere.

Wenn die Nacht hereinbricht, höre ich auch gern das Klirren ihrer Kähne. An der Anlegestelle wiegen sie ihren Bugbeschlag im Nebel, man erkennt sie kaum, nur das Geräusch signalisiert ihre Anwesenheit. Die Holzpfosten, an denen sie festgemacht sind, tauchen aus der Dunkelheit auf. Ich wünsche mir bisweilen, diese Pfähle würden brennen, das gäbe ein wunderbares Feuer auf der Lagune.

Meine Tage vergehen in schöner Untätigkeit. Ich habe einen Liegestuhl auf die Terrasse des Appartements gestellt. Ich betrachte den klaren Himmel nach einem Gewitter. Nach Regen ist Venedig am schönsten, ich sage dir nichts Neues.

Ich denke alle Tage an dich. Es sind inzwischen sanfte und ruhige Gedanken. Ich rufe mir bestimmte Momente mit dir in Erinnerung, das ist meine Beschäftigung.

Den Tag, an dem du zum ersten Mal zu mir gekommen bist. Wo ich dich auf meinem Territorium empfangen, dich in mein Refugium eingelassen habe. Es war ein 8. April, man behauptet, Frauen würden solche Daten viel besser in der Erinnerung behalten als Männer, das stimmt. Wir hatten uns verabredet, ich wartete auf dich, in der Zwischenzeit klingelte das Telefon, ich nahm ab, ich glaubte, daß du es wärest, daß du sagen würdest, du werdest dich verspäten oder du seist im letzten Augenblick verhindert worden, aber nein, es war jemand anderes, ich weiß nicht mehr wer, ich habe es vergessen, und nur ein paar Sekunden später hast du an der Sprechanlage geklingelt, ich habe den Türöffner für den Hauseingang gedrückt, während ich das Gespräch fortführte, ich war noch am Telefon, als du zur Tür hereingekommen bist, die ich angelehnt gelassen hatte, ich habe verwirrt und schuldbewußt eine Handbewegung gemacht, um dir zu bedeuten: Es dauert nicht mehr lange, du hast den Kopf geschüttelt, um mir zu sagen: Laß dir Zeit, du bist ins Wohnzimmer gegangen, während ich im Flur zurückblieb, du machtest einen förmlichen, zögerlichen Eindruck, in der spiegelnden Glastür habe ich gesehen, wie du den Raum gemustert hast, ich hatte gute Lust, den Hörer unvermittelt aufzulegen, ich antwortete meinem Gesprächspartner nur noch einsilbig, ich wollte zu dir, du solltest mich in die Arme nehmen, aber es dauerte, es nahm kein Ende, du hast nicht gewagt, dich zu setzen, du bist an den Bücherschrank getreten, du hast den Kopf geneigt, um die Buchtitel auf den Rücken zu lesen, auf der Seite, zu der sich dein Kopf neigte, hattest du die Hand in die Hüfte gestützt, ich dachte: Ich bin verliebt in diesen Mann mit dem zur Seite geneigten Kopf, mit der in die Hüfte gestützten Hand, diesen Mann, dessen Rücken ich im Spiegel einer Glastür sehe, es gelang mir aufzulegen, ich habe das Telefon auf dem Tisch im Flur, auf dem ich beim Heimkommen die Schlüssel ablege, verlassen, ich bin ins Wohnzimmer gegangen, du hast dich zu mir umgedreht, du hast nicht gelächelt, du schienst immer noch etwas verlegen, als stünde dir dein Körper im Weg auf diesem dir noch unbekannten Territorium, ich bin auf dich zugegangen und habe dich geküßt, ich erinnere mich: Du hast gezittert, das ist nicht oft vorgekommen.

Den Tag, an dem du unangemeldet mit verlegener Miene vor der Tür meiner Wohnung aufgetaucht bist, eine kleine Umhängetasche über der Schulter, zehn Jahre jünger aussehend, und einfach gesagt hast: »Ich habe Claire verlassen, kann ich hereinkommen?« Ich habe dich lange angeschaut, unfähig, auch nur ein Wort herauszubringen, verwirrt durch deinen plötzlichen und unerwarteten Entschluß, von Schwindel ergriffen, wie jedesmal, wenn du mich mit einem Besuch überrascht hast, wohl wisssend, daß dich hereinzulassen den stillschweigenden Vorschlag enthielt, dazubleiben. Du hast mir einige Zeit danach gestanden, daß dir die Zeit auf meiner Türschwelle, während der ich nichts sagte und dich nicht hereinbat, lange vorgekommen sei. Du hattest Angst, ich habe es gesehen. Angst, dich in meinen Gefühlen, in meiner Entschlossenheit getäuscht zu haben? Es war das einzige Mal, wo ich gesehen habe, daß du Angst hattest.

Den Tag, an dem du gefragt hast: »Wie sehr liebst du mich?«, und ich nicht wußte, was ich antworten sollte. Du hast mir geholfen. »So sehr?« Und du hast die Arme ausgebreitet so weit du konntest, du hast den größten Bogen zu umschreiben gesucht, mutwillig wie ein Kind. Ich habe gelacht, und als ich diesmal lachte, war ich unglaublich glücklich. Das ist dann zu einem Ritual geworden. Ich habe nicht gezählt, wie oft du mich gefragt hast »wie sehr liebst du mich« und wie oft ich antwortete »so sehr« (ich hatte den Trick verstanden). Ich habe mein Lachen nicht gezählt. Aber dieses Lachen erzählt unsere Geschichte vielleicht am besten. In der Stille des Zimmers höre ich immer noch das Echo, und das ist schaurig.

Die Tage, an denen du nackt vor den vorhanglosen Fenstern herumgeschlendert bist und ich so tat, als würde ich es nicht bemerken. Ich war vernarrt in deinen Körper, es blieb dir nicht verborgen, du wußtest, daß die Frauen verrückt nach deinem Körper waren, du hast es ohne Überheblichkeit, aber doch als eine Tatsache akzeptiert, du warst dir immer der Wirkung deiner Nacktheit bewußt, du hast behauptet, es sei nicht schlimm, Begehren zu erwecken, du wolltest auch meine Nacktheit, ich habe nicht deine Schamlosigkeit, und außerdem liebe ich meinen Körper nicht, ich weigerte mich meistens, ich erfand Listen, ich trug lange Hemden, deren Zipfel meine Schenkel bedeckten, du hobst die Zipfel, wenn ich an dir vorbeiging, ich hielt mich fern von dir, die neugierigen Nachbarn waren mir egal, ich fürchtete einzig und allein deinen Blick, ich brauchte Dämmerlicht für unsere Umarmungen, das grelle Licht machte mich befangen, schließlich wälzten wir uns bei halbgeschlossenen Läden auf meinem Bett, du hast Kompromisse geschlossen, um mich nicht in Verlegenheit zu bringen, du hast die Dunkelheit akzeptiert, damit ich mich völlig hingab, aber du hast diese Selbstüberwindung selten aufgebracht.

Warum spreche ich nicht von der ersten Nacht, als ich dich im Sinnenrausch sah? Von dem Stocken deines Atems, deinem Bedürfnis, meinen Mund zu besitzen, der Verrenkung deines Körpers und vor allem, im Moment des Höhepunkts, von dem plötzlichen, kindlichen Lächeln auf deinem Gesicht, das etwas Entwaffnendes hatte, das dir entschlüpfte, ohne daß du wissen konntest, was dieser Ausdruck bedeutet, ich habe nie gewagt, es dir zu sagen, es war so etwas wie ein kleiner, köstlicher Tod, aber auch eine Art Schüchternheit, eine Art Entschuldigung – muß man daraus auf Hilflosigkeit, auf ein Gefühl der Scham schließen? –, und dann die Müdigkeit, die sich sofort einstellte, eine fröhliche Erschöpfung, deine Erleichterung, das Leuchten deiner Augen im Dunkeln.

In Venedig versuche ich, mich nur an glückliche Stunden zu erinnern. Das erfordert ein wenig Geduld, eine gewisse Praxis, aber es wird mir gelingen.

In dieser erstarrten Operettenkulisse, wo man in den Nebengassen nicht selten Seiltänzern, Jahrmarktskünstlern, Gauklern, Wahrsagern, Gelegenheitszauberern und Feuerschluckern begegnet, kann die Komödie über die Tragödie siegen, sind Lügen schöner als die Wirklichkeit, ist es nicht so schwierig, sich Geschichten zu erzählen.

Während des *Chiaroscuro* der Spätnachmittage, wenn die Ufer verschwinden, wenn die Strände des Lido verschwimmen, wenn der Geist sich verwirrt, wenn der Nebel sich ausbreitet, ist es leichter, die schlechten Erinnerungen auszulöschen.

Von den Porphyrlöwen des Markusplatzes bewacht, an Häuserfassaden mit prunkvollen Namen lehnend, von Brücken mit marmornen Geländersäulen getragen, von den geriefelten Spiegelungen auf dem Kanal geblendet, fühle ich mich weniger verwundbar.

Ach ja, das Glück.

Das Glück kann wiederkommen.

Manchmal braucht es nur ganz wenig: den Granit auf den mit rotem Samt belegten Bänken berühmter Cafés oder heiße Schokolade genießen – du hast dich immer gewundert, daß ich die widerliche Süße heißer Schokolade mochte – und seinen Geist schweifen lassen; auf der Suche nach Spitzen und Stoffen in den Straßen flanieren, mit Händlern, die einen hereinlegen wollen, um Preise feilschen, wobei es nie Ärger gibt, weil alles immer mit einem Lächeln und einem offenen Handschlag endet, und auf diese Weise die Tugend eines fairen Kampfs wiederentdecken; in einer bescheidenen Pension essen, dort mit einem alten Professor für französische Literatur ins Gespräch kommen und so seine eigene Sprache wieder sprechen können, ohne dabei zu sehr leiden zu müssen; auf dem abschüssigen Pflaster des Markusplatzes sich den Fuß vertreten und zugeben, daß Proust damit recht hatte, daß die Momente der Vergangenheit aufgrund von Kleinigkeiten wieder vor einem auferstehen; dem Geschnatter der Italienerinnen zuhören, das kein Autogeknatter – welche Illusion – jemals übertönen könnte, ihren Stimmen, die plötzlich in Feuer geraten, ehe sie in ein Flüstern zurückfallen, und sich von diesem Ewigweiblichen rühren lassen; am Fenice vorbeigehen, sich an den Brand erinnern, der es zerstört hat, auf das Plakat der Oper, die gerade aufgeführt wird, stoßen und augenblicklich die herzzerreißenden Akkorde dieser Oper hören, die zwischen den Wänden des Appartements in der Rue Campagne-Première in den Tagen erklangen, als du noch dorthin kamst; ja, diese winzigen Dinge sind es, die mich unwillkürlich und mit Vergnügen zu dir zurückbringen.

Sei nicht beunruhigt über diese plötzliche altruistische Anwandlung. Glaube nicht, diese Beschwörungen hätten das Ziel, dich zu rühren, dich zum Nachgeben zu bringen. Ich will nur, daß du weißt, daß ich für Augenblicke in der Lage bin, meinen Weltschmerz zu bändigen.

Und wenn Italien bedeutete, endlich wieder zu leben? Nicht mehr von den Erinnerungen erdrückt zu werden, sondern zu lernen, mit ihnen zu leben, nicht mehr vom Schmerz zermalmt zu werden, sondern ihn zu beherrschen, nicht mehr in der Vergangenheit zu versinken, sondern sie nur noch leicht zu streifen? Wenn es so wäre, wäre ich auf dem Weg der Genesung.

Trotzdem, du hast es erraten, ich bin noch nicht in der Lage, nach Frankreich zurückzukehren. Aber ich nähere mich dem langsam. In Wahrheit handelt es sich um einen Gesundungsprozeß. Man muß schrittweise vorgehen.

Im Grunde bin ich wie jene untergewichtigen Babys, denen man nur wenige Gramm Nahrung zuführt, damit sie nicht ersticken und sterben, und die wie durch ein Wunder dem Tod entkommen.

Ich denke nicht an meinen nächsten Aufenthaltsort. Ich glaube, ich werde noch ein paar Wochen hierbleiben. Ich könnte wirklich den Sommer abwarten. Ich liebe die weißen Sommer von Venedig.

Ich schicke weiterhin Artikel an die Zeitschriften, die mich beschäftigen. Man wundert sich dort über meine lange Abwesenheit, aber inzwischen fragt mich niemand mehr. Solange die Arbeit gemacht wird, gibt es keinen Grund, sich zu beunruhigen, nicht wahr? Die wenigen Verbündeten vor Ort beeilen sich, mir vertraulich mitzuteilen, daß einige – nicht sie, natürlich – sich ein Vergnügen daraus machen, beim Lesen meiner Zeilen die Schwankungen meiner Stimmungen zu ermessen, mein Unglück abzuwägen, meine Fortschritte zu taxieren. Manche erstellen sogar mein Gesundheitsbulletin, indem sie die Texte, die ich vorschlage, unter die Lupe nehmen. Die Ignoranten! Vergessen sie, daß das Schreiben eine absichtliche Maskierung sein kann?

Meine ganz persönliche Wahrheit spare ich für dich auf. Ich weiß zu gut, daß du keinerlei Gebrauch davon machen wirst.

Wenn ich es recht bedenke, hast du immer eine Vorzugsbehandlung erfahren. Aber würdest du diese Auszeichnung, diese Gunst eine Bevorzugung nennen? Nichts ist weniger gewiß.

Du dagegen warst, deiner Zärtlichkeit zum Trotz, darauf bedacht, mir niemals eine Sonderbehandlung, ein Privileg zuzugestehen, du warst immer wachsam, als wolltest du dir den Rückzug offenhalten, als wolltest du sicher sein, daß du mir im gegebenen Augenblick mit der Erklärung, du habest mir nie etwas versprochen, alles wieder entziehen kannst. Clément, die seltenen Male, wo du dich vorbehaltlos hingegeben hast, habe ich so etwas wie Schuld empfunden. Ich habe sogar daran gedacht, dich zu bitten, es zu vergessen. Ich wußte im voraus, du würdest dich darüber ärgern, daß du dich hast hinreißen lassen. Am Ende bist du wieder auf die Beine gefallen. Und diese Augenblicke der Hingabe bekamen den bitteren Geschmack eines Opfers.

Ja, an manchen Abenden glich deine Liebe der Münze, die man einem Bettler hinwirft.

Ich sollte das nicht schreiben. Ich habe gesagt, ich wollte mich auf das Glück konzentrieren oder vielmehr auf die Erinnerung an das Glück. Diese stillschweigenden Vorwürfe widersprechen meinen guten Vorsätzen. Vergiß sie.

Später.

Ich habe den Brief vorhin bei den Worten: »Vergiß sie« abgebrochen. Ich fahre fort.

Es war blöde: Ich hatte kein Papier mehr, also bin ich in ein Schreibwarengeschäft gegangen, davon gibt es hier ja genug, um mir welches zu beschaffen. Ich bin dann noch an den Kanälen entlangspaziert, deren Wasser an manchen Stellen so schwarz wie Tinte ist und an anderen so grün wie eine Lagune im Pazifik. Ich habe diese Unterschiede nie verstanden, ich weiß nicht, wie sie zustande kommen. Ich erwarte keine Erklärung, ich ziehe Geheimnisse vor. Ich habe nur verstanden, daß man jeden Kontakt vermeiden muß, um nicht Gefahr zu laufen, unbekannte Krankheiten zu bekommen. Die Gewässer von Venedig sind schön und gespickt mit Gefahren.

Ich bin durch Straßen gegangen mit rot beleuchteten Schaufenstern, die voller Tapisserien hingen. Ich habe mich mehr als einmal in den Spiegeln wiedererkannt, die in den zahllosen Läden, zusammen mit Fayencen, Kronleuchtern und gezogenem Glas aus Murano, feilgeboten werden. Ich habe mich auf Marmorstufen gesetzt und Mut gesammelt, um heimzugehen und dir zu schreiben.

Denn ich sage dir, es braucht schon etwas Mut, dir zu schreiben. Zunächst, weil ich immer noch nicht weiß, ob du mich liest. Ich bin es gewohnt zu schreiben, ohne die Gesichter meiner Leser zu kennen, ich treffe sie manchmal, sie sagen mir, daß sie den Ton meiner Artikel schätzen, nie meine Kolumne versäumen, das freut mich, aber keiner von ihnen hält sich länger dabei auf, und von den anderen, von allen anderen, weiß ich absolut nichts. Im vorliegenden Fall hat der Brief einen einzigen Adressaten, und jedesmal, wenn ich mir vorstelle, daß du ihn zerreißt, ohne den Umschlag überhaupt geöffnet zu haben, empfinde ich eine tiefe Niedergeschlagenheit. Denn das wäre vergeudete Kraft, vertane Zeit, und alle Anlässe, an dich zu denken, würden zunichte gemacht, gerade als ob sie niemals existiert hätten.

Es braucht auch Mut, weil ich nicht aus den Augen verliere, daß du mir nicht antworten wirst. Im Grunde schleudere ich Flaschen ins Meer hinaus so weit ich kann, aber keine Flut wird mir eine Botschaft zurückbringen, kein Zeichen wird mich als Gegenleistung erreichen, ich werde wie der Schiffbrüchige auf seiner verlassenen Insel sein, der unablässig Flaschen in die Wellen wirft, die sie verschlingen.

Mut, um dieser Demütigung zu widerstehen. Was für ein Verbrechen habe ich denn begangen, um eine solche Strafe zu verdienen? Welcher Abscheulichkeit habe ich mich schuldig gemacht, um ein solches Scherbengericht über mich ergehen lassen zu müssen? Diese Verbannung ist schlimmer als ein Todesurteil.

Ich gebe jedoch nicht auf. Und diese Beharrlichkeit beweist mir, daß sich das Gefühl der Liebe nicht völlig verloren hat, man legt es nicht einfach ab wie ein altes Kleidungsstück, das man plötzlich für aus der Mode gekommen und untragbar hält, dessen man sich schämt. Ich hege zärtliche Empfindungen für meine alten Kleider, sie erzählen mir von meiner Jugend.

Ich bin überzeugt, daß du mich nicht vergesssen hast, du bist kein Zauberer, auch du kannst Leute nicht verschwinden lassen. Vergessen ist kein Geschehen, das sich heraufbeschwören läßt, nur die Zeit läßt die Umrisse der Menschen verschwimmen, ohne sie im übrigen ganz auszulöschen. Deshalb ist deine Art, mich zu entfernen, mich wie eine Pestkranke auf Distanz zu halten, etwas mißlich. Ich sehe darin eine Taktlosigkeit, ja, fast Grausamkeit, entschuldige. Immerhin hat es einen Vorteil: An manchen Abenden großer Mattigkeit lerne ich, dir böse zu sein.

Nun mache ich dir schon wieder Vorwürfe, und ich hatte mir doch vorgenommen, sie dir zu ersparen. Nun versinke ich schon wieder in der Vergangenheit. Nein, ich habe mich offensichtlich noch nicht befreit. Befreit man sich jemals von den Männern, die uns verlassen?

Also, zu den schönen Tagen zurückkehren.
Sich zwingen, zu den schönen Tagen zurückzukehren.

Sich die Süße der Nachmittage auf den Caféterrassen bei den unsicheren Akkorden eines betrunkenen Pianisten vor Augen führen, die jungfräulichen Stunden, in denen wir nichts redeten, nur zusammen dasaßen, diese Stunden, die ich deinen dringenden Geschäften, deinen Bedenken entriß und für die du mir am nächsten Tag gedankt hast mit der Versicherung, sie öfter zu wiederholen.

Sich an die Umarmungen in der merkwürdigen Benommenheit der Mittagsruhe hinter Jalousien erinnern, an die zerknitterten Laken, an die befriedigten, schlaffen Körper, an deinen Hals mit der geschwollenen Ader, an die Grube in deiner Brust, in der Schweißperlen standen, an die Worte, die ich auf deinen Lippen ahnte und die du nicht ausgesprochen hast.

Sich unsere Blicke ins Gedächtnis rufen, die sich gleichzeitig zu den Giebeln der Palais und zum Scheitel der Spitzbögen hoben, den Dingen, die wir im selben Moment sahen und die uns bewegten oder beeindruckten, jene gemeinsame Begeisterung, die uns einte.

Sich in den blauen und purpurroten Farben des venetianischen Abendhimmels unser Schweigen vergegenwärtigen, unser Einssein, das, was du den anderen meinetwegen entzogen hast und was ich wie ein Kind entgegennahm, das den Wert der Geschenke, die man ihm macht, nicht kennt.

Sich in Venedig an Paris erinnern.

Und dann die eindrucksvolle Bilanz dessen ziehen, was ich dir verdanke. Ich verdanke dir eine Verwandlung, die sich erhalten hat. Vor dir war ich ein in sich gekehrter Mensch, der vor anderen zurückschreckte, ich versteckte mich hinter einer Brille, die mein Gesicht verdeckte, ich berief mich auf meine Kurzsichtigkeit, ich trug kurzgeschnittene Haare, ich glich einem Jungen, ich war Journalistin wie andere Soldaten sind, ich hatte denselben unversöhnlichen, kämpferischen Hang, aber ich kämpfte für keine bestimmte Sache, ich bot das Bild eines kalten Verstandesmenschen, man muß sich tatsächlich fragen, wie du dich mir nähern konntest. Du versichertest, man habe leicht sehen können, daß ich eine andere sei, man habe mir nur meinen Panzer abnehmen müssen. Du sagtest, ich hätte gar keine solche Eiseskälte um mich verbreitet, wie ich glauben machen wollte. Du hast aus mir eine Frau gemacht, die ihren Körper akzeptiert, ich habe meine Brille abgelegt, ich trage seither Kontaktlinsen, ich habe mein Haar wachsen lassen, du hast gern mit deiner Hand darin gewühlt, ich verstehe es, leichte Kleidung zu wählen, Jeans, die meine Hüften zeigen, trägerlose Büstenhalter, die meine Schultern freilassen, ich habe gelernt zu lachen, ein vergnügtes Gesicht zu machen, ich kämpfe nicht mehr gegen unsichtbare Feinde, ich sehe, wenn man mir auf der Straße Blicke zuwirft, ich reagiere nicht darauf, aber ich bin nicht unempfindlich dafür. Ja, alles, was du mir geschenkt oder was du zutage gefördert hast, habe ich bewahrt. Sicher deshalb, weil es noch eine Spur von dir ist.

Gestern hat sich ein junger Italiener im Florian neben mich gesetzt. Ich habe gleich gemerkt, daß er sich dorthin setzte, weil ich ihn interessierte, er hatte mich von draußen hinter einem der Fenster gesehen. Ich war allein, offensichtlich, Einsamkeit ist mein Dauerzustand, ich ließ meine Schokolade abkühlen, du weißt, das ist eine Manie von mir, es brachte dich immer zur Verzweiflung, er setzte sich an den Nebentisch und tat zunächst so, als beachte er mich nicht, aber wenn Männer sich den Anschein geben, die Bluse einer Frau nicht zu mustern, erkennen wir Frauen daran nur den Zwang, den sie sich antun, und ihre Unbeholfenheit. Er brauchte mehr als eine Minute, um mich zu fragen, ob mich der Rauch seiner Zigarette störe. Ich verneinte es mit einem Kopfschütteln. Zu dem Zeitpunkt kannte er noch nicht einmal meine Nationalität. Er schlug eine Zeitung auf und legte sie sofort wieder beiseite. Er wandte sich mir zu, um ein Gespräch anzuknüpfen, er zeigte eine hübsche Ungeduld, das Zeichen der Jugend. Er sagte irgend etwas von einem Prozeß, der in Rom stattfände und von dem die Zeitungen voll wären. Ich antwortete ihm, ich sei Französin, ich könne kein Italienisch. Er zeigte ein freudiges Lächeln, als dankte er dem Zufall: Er war Student der französischen Literatur an der Universität von Venedig. Wir unterhielten uns lange. Meistens sprach er, ich begnügte mich damit zuzustimmen, indem ich die Augen zusammenkniff oder nur nickte, und ich verfolgte mit Interesse diesen geschickten Verführungsversuch, als gelte er einer anderen und nicht mir. Er mußte meine Zurückhaltung bemerken, zumindest die Distanz, die ich zwischen uns aufrechterhielt, aber das entmutigte ihn nicht. Die Ausdauer der Italiener ist wirklich bewundernswert. Wenn er mir Fragen stellte, antwortete ich aufs Geratewohl oder mit einer Lüge. Zweifellos empfand ich den Wunsch, mich zu schützen, gegenüber einem Fremden nichts von mir preiszugeben. Aber diese Art, ihm die Wahrheit zu verheimlichen, hatte auch etwas von einem Spiel, etwas Kindliches. Ich verachte Schwindeleien und Tricks, dennoch machte es mir Spaß, ihn in die Irre zu führen, ihn zu täuschen. Und dann fand ich es plötzlich grausam, diese doppelbödige Unterhaltung fortzuführen, wo ich doch in der ersten Sekunde, noch ehe wir ins Gespräch gekommen waren, beschlossen hatte, daß mein Partner sein Ziel nicht erreichen sollte. Ich erfand eine Entschuldigung, eine Verabredung, und stand auf. Er schien verblüfft zu sein, er spielte seine letzte Karte aus und bat mich um meine Telefonnummer, ich habe sie ihm nicht gegeben. Er bewahrte Haltung und zeigte keine Verbitterung. Während ich mich entfernte, rief er mir auf italienisch hinterher, so daß das ganze Café es hören konnte: »Sie sind hübsch, schade.« Die Worte klingen noch in mir nach.

Trotzdem schulde ich dir ein Geständnis: Ich habe einen Moment gezögert, einen ganz kurzen Moment, in dem ich tatsächlich daran dachte, ihm meine Telefonnummer zu geben. Das wäre selbstverständlich nur eine Fortsetzung des Spiels für mich gewesen, ohne wirkliche Absichten, so wie ein Pokerspieler um des Kitzels willen, oder um zu bluffen, oder auch nur, weil er weiß, daß er die besseren Karten hat, ein höheres Gebot abgibt; ich verfügte über die besseren Karten, ich hatte sie in den Händen. Ich hielt diesen kleinen, jungen Mann mit dem verhangenen Blick, den unordentlichen rabenschwarzen Haaren, dem ungeschickten Stolz in meinen Händen. Aber ich vermag dem Reiz des Siegesrauschs zu widerstehen, und – ich habe es eben gesagt – ich schätze keine Tricks. Und doch zählt, daß es diesen Moment gab und daß ich nicht völlig ausschloß, seinem Charme nachzugeben. Und im Grunde war es mehr als eine Sekunde, ein Augenblick: Zuzulassen, daß ein anderer Mann mich ansieht, ihn näherkommen zu lassen, dieses Ereignis ist wichtiger, als es den Anschein haben mag. Freue dich.

Manchmal denke ich allerdings, meine unheilbare Einsamkeit bereite dir mehr Freude. Liegt meine Unfähigkeit, mich, an wen auch immer, zu binden, nicht in deinem Interesse? Sicher schmeichelt es deiner Eitelkeit ein wenig zu wissen, daß du nicht ersetzt worden bist. Jedenfalls wird deine (legendäre) Eifersucht nicht geweckt, wenn du erfährst, daß sich kein Mann derjenigen bemächtigt hat, die dir gehörte.

Dieser Besitzanspruch bei einem Mann, der nicht zögerte, ein Doppelleben zu führen, erscheint im übrigen ziemlich merkwürdig. Der Widerspruch störte dich nicht. Du bist mit Paradoxen immer sehr geschickt umgegangen.

Clément, um diesen Brief mit einer positiven Bemerkung zu schließen, da ich mir für diesmal geschworen habe, dich mit seiner Lektüre nicht zu entmutigen, will ich dir am Ende gestehen, daß ich mich im Gegensatz zu meinen bisherigen Behauptungen mit erschreckender Genauigkeit an den Moment erinnere, als du in mein Leben getreten bist (mit einem Anfang aufhören ist doch ein hübscher Abgang, oder?).

Du erinnerst dich sicher, es war bei einem jener Abendessen, auf die Paris versessen ist, wo es zum guten Ton gehört, einen Schriftsteller, eine Schauspielerin, einen Politiker, eine Fernsehmoderatorin, einen Rechtsanwalt, einen Journalisten, einen Unternehmer, junge aufstrebende Leute und aus der Mode gekommene Filmsternchen zuzüglich einiger Nassauer um den Tisch zu versammeln. Du und ich, wir gehörten zu diesem Personenkreis, zumindest beinahe. Man hat dir den Platz mir gegenüber gegeben, du hast in den saueren Apfel gebissen, du machtest einen etwas verlorenen Eindruck, du hast versucht, Haltung zu bewahren, aber du hast um dich geblickt und dich dabei gefragt, wohin du da geraten bist, ich mußte lächeln, auch wenn ich es nicht zeigte.

Ich war diejenige, die die Unterhaltung begann, ich weiß nicht mehr genau, worüber wir gesprochen haben, es waren bestimmt keine wichtigen Dinge, du bist nach und nach entspannter geworden, und am Ende des Abends haben wir uns versprochen, uns wiederzusehen, und das Versprechen haben wir eingehalten. Erst bei unserer zweiten Begegnung haben die Dinge zwischen uns Gestalt angenommen.

In den Jahren, die darauf folgten, habe ich dir versichert, dieser Abend sei mir nur verschwommen in Erinnerung geblieben, und du hast mir geglaubt. Ich habe dich belogen, du wirst es gleich verstehen. Ich habe keine Minute dieses Essens vergessen. Deine verwirrten Augen, die vorgefertigten Sätze, das tiefe Lachen deiner Nachbarin zur Rechten, den schlechten Champagner, die tropfenden Kerzen, die auf einem protzigen Tisch standen, deine Dankbarkeit, weil ich nicht war wie die anderen, unser stilles Einverständnis im Untergang. Warum mache ich dir dieses Geständnis heute? Weil ich dir in diesem Zusammenhang bekennen muß, daß ich dich auch in einer anderen Sache belogen habe: Es stimmt ganz und gar nicht, daß du mich an diesem Abend nicht beeindruckt hast. Im Gegenteil, ich habe mich fast auf der Stelle in dich verliebt. Ja, mehr als das: Ich habe bei unserer allerersten Begegnung geahnt, daß du der Mann meines Lebens sein würdest. Bis dahin hatte ich gedacht, dieser Ausdruck sei absolut unsinnig, ich täuschte mich. Und daß ich seinen Sinn dort verstand, ohne Beweise, ohne Nachzudenken, das machte ihn unwiderlegbar.

Plötzlich ist es zu spät gewesen, es dir zu sagen.

Oder ich habe zu große Angst gehabt.

Ich habe geschwiegen.

Es ist ein jämmerliches und wundervolles Geheimnis, nicht wahr?

Ja, Clément, du bist tatsächlich der Mann meines Lebens. Aber wir leben nicht zusammen. Meine Geschichte läßt sich im Grunde auch in zwei Sätzen ausdrücken.

Alles übrige, die Worte, die Seufzer, die Hoffnungen, die Entsagungen, die Kilometer, die Flieger, die Ozeane, die Hotelzimmer, alles übrige ist eigentlich überflüssig.

Ich küsse dich,

Louise

Clément,

man hatte mich gewarnt: Auf Torcello gibt es nichts zu sehen. Die Insel war bis ins 10. Jahrhundert die Metropole der Lagune, aber inzwischen ist sie bedeutungslos geworden und zählt nur noch eine Handvoll Einwohner. Und gerade das hat mich dazu bewogen, diese Fahrt zu machen. Ich wollte das häufig turbulente Geflecht von Venedig für ein paar Stunden hinter mir lassen und mich an einen ruhigen Ort begeben, wo ich nicht befürchten mußte, von der Menge gestört zu werden.

Selbst die Touristen kommen nur in geringer Zahl hierher. Wenn sie schon ein Boot nehmen, dann ziehen sie es im allgemeinen vor, nach Murano oder Burano zu fahren. Die, die hier an Land gehen, sind Verrückte oder Irrläufer.

Ich habe die Kirche Santa Fosca aufgesucht, die, wie man mir versichert, weniger bekannt und weniger berühmt sein soll als ihre Nachbarin Santa Maria Assunta. Sie ist ganz rund, das ist sehr merkwürdig und sehr hübsch. Ich habe mich auf eine der Bänke gesetzt, die an der Seite unter Bäumen bereitstehen. Ich bin lange geblieben. Bestimmt mehrere Stunden, ich habe nicht gezählt. Das hat mir andere Stunden auf dem Friedhof in der Nähe von San Miniato in Florenz, auf den Anhöhen von Boboli in Erinnerung gerufen. Dort herrschte dieselbe Glut, dieselbe Stille. Ich mußte die Tränen zurückhalten.

Trotz meines Wunschs, zu einer Art inneren Ruhe zu finden, sind mir unablässig Fragen durch den Kopf gegangen. Ich erinnere mich, daß am Schluß eine einzige übrigblieb: *Ist es so schlimm, nicht zu lieben, für immer?*

Und dann ist der Himmel am späten Nachmittag allmählich grau geworden. Ein sehr düsteres, sehr reines, sehr bedrohliches Grau. Die Luft wurde kühler, ich befürchtete ein Gewitter, Sturm und hohen Wellengang. Also trat ich die Rückfahrt mit dem Boot an. Wir waren nur zu zweit an Bord. Der andere war ein Greis, der ein Buch mit den Händen umklammerte, das ich für eine Bibel hielt. Ich bin zum Haus zurückgegangen. In meinem Zimmer schreibe ich dir nun diesen kurzen Brief, er hat keinen anderen Zweck, als einen Moment festzuhalten. Ich werde ihn gleich bei der Concierge abgeben. Sie wird es übernehmen, ihn an dich abzusenden.

Und nun stelle ich dir die Frage: *Ist es so schlimm, nicht zu lieben, für immer?*

Ich küsse dich,

Louise

Im Orient-Expreß

Clément,

ich kehre nach Frankreich zurück. Ich habe es vor ein paar Tagen in einer plötzlichen Anwandlung beschlossen. Es kam einfach so, ohne daß ich viel überlegte, es hat sich als eine Gewißheit aufgedrängt. Plötzlich dachte ich, ich sei endlich dazu in der Lage. Ich schließe allerdings nicht aus, daß ich mich täusche. Es passiert mir ständig, daß ich meine Kräfte überschätze.

Die überstürzte Rückkehr könnte aber auch das Eingeständnis meines Scheiterns sein. Ich bin in der Hoffnung weggefahren, den Schmerz etwas zu mildern, die Bilder von dir zu verjagen, die mich verfolgten. Und am Ende bin ich dazu verdammt einzugestehen: Der Kummer ist nicht wirklich verflogen, und du suchst mich weiterhin heim. Anscheinend sind alle Exile illusorisch, die Entfernung bringt nichts in Ordnung, und man landet schließlich wieder in der Nähe seines Ausgangspunkts. Sollte ich im Begriff sein, dies zu bestätigen? Vielleicht. Dann wäre ich nicht viel schlauer gewesen als die anderen, aber das ist mir egal. Um so mehr, als ich mein Bedürfnis, in den heimatlichen Schoß zurückzukehren, komischerweise nicht als Niederlage empfinde. Wenn es eine ist, gebe ich es gern zu. Und eingestandene Niederlagen sind wie kleine Siege, meinst du nicht?

Ich habe einen Liegewagenplatz im *Venedig-Simplon-Orient-Expreß* reserviert. Ich wollte wissen, wie das ist, wollte die Legende aus der Nähe kennenlernen. Mag sein, daß das etwas albern erscheint. Der Traum von Stubenmädchen oder Friseusen, die ihre Sparbüchsen dafür plündern würden. Aber wann, wenn nicht jetzt, bietet sich mir diese Gelegenheit? Und außerdem gibt es üblere Arten, das Erbe meines Vaters (weiterhin) zu verschleudern. Ich glaube sogar, er hätte meine Neigung zu unüberlegten Ausgaben geschätzt, er, der immer seinen Launen nachgab.

Ich glaube nicht, daß Verschwendung der Traurigkeit Eleganz verleiht, sie kann sie manchmal erträglicher machen oder verdecken, das ist alles. Im übrigen ist Kummer kein schöner Anblick: In diesem Zug zumindest werden die Leute ihn nicht wahrnehmen, sie schauen anderswohin. Es gibt soviel zu bewundern, ich werde zwangsläufig unsichtbar sein.

Es braucht mehr als zwanzig Stunden, um nach Paris zu gelangen. Ich werde diesen Brief bei meiner Ankunft an der Gare de l'Est einwerfen, denn ich will während der Fahrt durch Italien, Österreich, die Schweiz und Frankreich an dich schreiben. Zwanzig Stunden für einen Brief: das sollte reichen.

Ich habe nicht lange gebraucht, um meine Dinge zusammenzufalten. Wirklich, ich hatte meine Koffer im Nu gepackt, ich war selbst verwundert, ich bin so chaotisch, ich habe Jeannes Appartement gründlich inspiziert, die Tür leise geschlossen, ich brauchte nur noch zu gehen. Ein Vaporetto erwartete mich unten, es hat mich den Canal Grande entlanggefahren bis Santa Lucia, man hat mir beim Aussteigen geholfen, ein Mann hat sich sogar angeboten, mein Gepäck bis auf den Bahnsteig zu tragen, ich habe es angenommen. Danach hat sich einer der Pagen des Orient-Expreß um alles gekümmert, ein junger Kerl mit schweren braunen Locken und grauen Augen, ich hatte nichts zu tun, ich ließ unbeholfen ein Trinkgeld in seine Hand gleiten, er hat mich angelächelt, ohne mich aus den Augen zu lassen, ich bin wie eine Prinzessin in den Zug gestiegen, oder wie ein Unfallopfer.

Ich wußte nicht, daß die Wagen blau sind. Fälschlicherweise glaubte ich, sie seien rot, bordeauxrot. Man soll den Erinnerungen, die man sich zusammenreimt, mißtrauen.

Ich war zu früh da, ich mußte lange warten, bis sich unser Zug in Bewegung setzte. Von meinem Abteil aus habe ich alles beobachtet, die Reisenden, die mit ihrem Gepäck ankamen, das lebhafte und exakte Ballett der Angestellten, italienische Anarchie, gemildert durch eine Dienstbeflissenheit, die man hier nicht mehr gewohnt ist, eine versammelte gute Gesellschaft in bester Stimmung, daneben Neureiche, auf der Suche nach Geschichten, die sie später zum besten geben können. Ich wäre fast noch einmal ausgestiegen, um ein letztes Mal am Canal entlangzugehen, den herben Geruch des dunklen Wassers einzuatmen, einen letzten Abschiedsblick auf die Stadt zu werfen, aber meine Bequemlichkeit hat gesiegt und auch die abgrundtiefe Müdigkeit, die sich meiner seit Wochen bemächtigt hat. Ich habe weiter die Frauen in einem gewissen Alter betrachtet, die etwas zu sehr geschminkt waren, mehr für ein Diner als für eine Reise, und die geschäftigen, steifen Männer, die sich um sie bemühten, diese ganze Affektiertheit der Bürger, eine geheuchelte Lässigkeit.

Ich habe den langen Aufenthalt auch dazu genutzt, meine persönlichen Dinge in meinem Abteil unterzubringen, mir den Ort anzueignen, der eine Nacht und beinahe einen ganzen Tag der meine sein würde.

Ich habe den Inhalt meines Reisenecessaires auf der Ablage meines Badezimmers untergebracht. Es ist ein großer Raum aus Marmor, Glas und Mahagoni. Ich habe mich in einem der Spiegel gesehen, und im selben Augenblick schien mir, ich würde die heimliche Bewegung eines Schattens erkennen. Ich habe mich an den Jungen in Trinidad erinnert, der in dem Augenblick, als die Wahrsagerin mir mein Scheitern ins Gesicht sagte, in einem Haus verschwand. Ich habe mich gefragt, ob ich ihn nicht erfunden habe. Ob die ungreifbaren Schatten nicht einfach Phantome sind.

Natürlich mußte ich an den Roman von Agatha Christie denken, obwohl ich mir geschworen hatte, das nicht zu tun, aber es war stärker als ich, ich habe die Bilder des Films in meinem Kopf abrollen lassen, ich habe sie verglichen, sie sind anders, gewiß, aber man entdeckt trotzdem Ähnlichkeiten, oder man erfindet sie. Ich dachte: Es wäre komisch, wenn heute nacht jemand in diesem Zug sterben würde. Es könnte ich sein.

Und dann ist der Zug losgefahren. Es ist erst ein paar Minuten her. Ich habe das Schreibpapier auf den kleinen Tisch aus Nußbaum gelegt, den Füllfederhalter daneben, wie ich es machte, als ich an meinen ersten Artikeln arbeitete, und ich habe darauf gewartet, daß mir die Worte einfallen, die ich dir gern sagen möchte, um dich wiederzufinden.

Die Landschaft zog an den Fenstern vorbei, es war immer noch das Veneto, obwohl die Lagune rasch verschwand und einer von der Abendsonne beschienenen, eher sattgrünen Gegend Platz machte, in der Häuser seltener wurden.

Wir kommen langsam voran. Diese Langsamkeit ist ganz und gar erstaunlich. Es hat etwas Beruhigendes, sich *Zeit zu lassen*, wo alles um einen herum für gewöhnlich so schnell geht.

Ein Steward hat an meine Tür geklopft. Er trug eine blaue, taillierte Uniform, eine kleine, etwas altmodische Schirmmütze, tadellos weiße Handschuhe, etwas zu auffällige Goldtressen und dazu passende Knöpfe. Er ist gekommen, um zu fragen, ob ich beabsichtige, im Speisewagen zu essen. Ich habe es bejaht. Die vereinbarte Zeit ist schon überschritten, ich muß mich beeilen. Ich werde den Brief weiterschreiben, wenn ich zurückkomme.

Später.

Es sind tatsächlich altertümliche Wagen, das hatte ich mir nicht so vorgestellt. Die Waggons stammen aus den zwanziger Jahren. Oder vielleicht aus den Dreißigern. Sie haben die tollen Zeiten gekannt und versuchen, deren Atmosphäre, Leichtigkeit und Talmi festzuhalten. Sie sind restauriert worden, um einen glauben zu machen, sie seien brandneu. Man könnte alles für eine Filmkulisse halten, in der man festgehalten wird. Die Wände sind mit edlen Intarsien verkleidet. Wohin man schaut, überall sieht man Zeichnungen von Künstlern im Stil des Art déco. Manche tragen die Signatur von Lalique, ich erwähne das aus purer Angabe, ich verstehe nichts davon. Die Tische im Restaurant sind mit Geschmack hergerichtet, frischgebügelte Tischtücher, hellglänzendes Silber, elegantes Geschirr, feinstes Porzellan mit dem Wappen der Eisenbahngesellschaft, makellose Kristallgläser, nichts ist dem Zufall überlassen. Die Blumen in den kleinen Vasen auf den Fenstersimsen sind echt, und ihr Duft vermengt sich mit dem Geruch der dampfenden Speisen. Ich betrachte diese Etikette wie eine Notleidende, ich komme mir etwas lächerlich vor, aber niemand bemerkt es. Lächerlich ist man ohnehin nur in den Augen der anderen.

Die Gerichte sind geschmackvoll, diejenigen, die sie servieren, ebenfalls, was den Eindruck noch verbessert. Wir könnten fast aus den Augen verlieren, daß wir nur Kunden sind, die für den Luxus bezahlt haben, und uns einbilden, wir kennten es nicht anders. Es genügt, in seinem Kopf aufzuräumen, um für die unwahrscheinlichsten Trugbilder Platz zu schaffen.

Aber offensichtlich kann ich der Nostalgie nicht abschwören, ich bin unheilbar. Ich habe mich an ein anderes Essen in einem altmodischen Luxushotel erinnert, damals war ich nicht allein am Tisch, du hast mir gegenübergesessen.

Es war in Sorrent, vor Jahren. Du hattest mich mit einem Wochenende in ungestörter Zweisamkeit überrascht. Wir waren in Neapel gelandet, hatten einen Wagen gemietet, sind die Küste bei Almalfi entlanggefahren, du hast in den Kurven beschleunigt, die Küstenstraße mit ihren Windungen verursachte mir Schwindel, die Hänge fielen steil ab, zu ihren Füßen lag das von der Sonne gestreifte Meer, hinter einem leichten Dunst tauchte Capri auf, aus dem Radio kam eine fürchterlich schmalzige Musik, das Lied irgendeines Schönlings, und du lachtest. Clément, als ich dich damals lachen sah, war ich überglücklich.

Ich erinnere mich nicht mehr an den Namen des Hotels, ich erinnere mich nur noch, daß seine Fassade wie eine Felswand im Wasser endete, an der Seite gab es ein Straßenrestaurant. Dort haben wir gegessen, geschützt vor dem

Wind, der die Kerzen auf den leeren Tischen um uns herum ausblies, als es ihm gelang, einzudringen.

Merkwürdig: Damals trug ich, genau wie heute, den leichten, weißen Pullover mit dem V-Ausschnitt, den du mir geschenkt hast. Eine Jeans und perlfarbene Basketballschuhe, wie heute. Stell dir vor, als ich mich vorhin in den Speisewagen setzte, haben mich die Leute angestarrt! Alle Frauen waren elegant aufgemacht, alle waren in Begleitung, natürlich fiel ich auf. Nun, ich habe es nie verstanden, die richtige Kleidung für schicke Orte zu wählen. Meine Unkenntnis deprimierte dich.

Übrigens haben sich die Blicke ganz schnell wieder abgewandt. Man empfindet immer eine gewisse Verachtung für die, die das Spiel nicht mitspielen. Man bedenkt sie mit herablassender Gleichgültigkeit.

An jenem Abend in Sorrent waren wir aus unerfindlichen Gründen die einzigen Gäste. Niemand außer dir schaute mich an.

An jenem Abend warst du eindeutig verliebt. Frauen spüren das offenbar. Für gewöhnlich nagen Zweifel an ihnen, sie haben Angst, sich in falscher Sicherheit zu wiegen, aber es gibt Augenblicke, Gelegenheiten, wo sie intuitiv und unmißverständlich wissen, daß keine Zweifel möglich sind: Der Mann, der ihnen gegenübersitzt, lügt nicht, er spielt kein falsches Spiel, er ist ihnen auf Gedeih und Verderb ausgeliefert. Ganz plötzlich haben sie diese Gewißheit, die sie noch schöner macht. Ja, an jenem Abend, wenige Kabellängen von der Insel Capri entfernt, in einem verlassenen Straßenrestaurant, das über einer Bucht hing, die aussah, als glühte sie vom Widerschein eines Feuers, habe ich mich schön gefunden und meine Ängstlichkeit vergessen. Du warst verliebt.

Und dann ist es vorbei gewesen.

Du warst auch feierlich. Du schienst unserem Beisammensein eine gewisse Weihe verleihen, die Zeit anhalten zu wollen. Das sah dir gar nicht ähnlich. Du bist keiner, der innehält, der sich dem Augenblick hingibt. Diesmal warst du zur Langsamkeit und zum Genuß bereit. Ich glaubte, du hättest die Absicht, mir eine Liebeserklärung zu machen. Ich bekenne, daß mir dieser Gedanke durch den Kopf geschossen ist. Aber es war nur eine Illusion. Du hast dich darauf beschränkt zu essen, zu trinken und zu lachen, mich über den Tisch hinweg zu küssen, mit den Kerzen zu spielen, du hattest mir nichts Wichtiges zu sagen, das war auch gut.

Wenn ich ganz ehrlich bin, muß ich außerdem zugeben, daß du nie über die Zukunft mit mir gesprochen hast. Nie über eine dauerhafte Bindung. Und wenn du nichts von mir verlangt hast, dann wahrscheinlich nur, damit dir im Gegenzug keine Verpflichtungen entstünden. Du, der du immer die Zukunft im Blick hast und voller Pläne steckst, du hattest keinen Entwurf für uns beide. Fraglos kam es dir gelegen, daß ich nicht zu den Frauen gehöre, die von dem anderen verlangen, daß er ihnen Treue schwört, womöglich für das ganze Leben.

An manchen Tagen frage ich mich wie ein Wissenschaftler, der sein Vergnügen daran hat, an einem Problem herumzurätseln, für das es keine Lösung gibt: Und wenn er geblieben wäre, wenn er uns Zeit gelassen hätte, was für ein Mensch wäre ich geworden?

Im Grunde habe ich nie richtig begriffen, was du von einer Frau erwartest. Mein Mangel an Neugierde oder meine Ängstlichkeit, dich in deiner Freiheit zu behindern, reichen zur Erklärung nicht aus: Ich hatte einfach nicht die Zeit, es herauszubekommen, unsere Beziehung ist zu rasch in die Brüche gegangen, du hast mir keine Chance gelassen, mich als Gattin, als Ehefrau zu sehen, ich hatte keine Gelegenheit, mir vorzustellen, wie Jahre an deiner Seite hätten sein können, alles war so kurz, wenn ich es im nachhinein betrachte; diese Fragen habe ich mir, während wir zusammen waren, nicht gestellt.

Warum mache ich es nun hinterher? Ich habe es dir gesagt: Zum Spaß, so wie jene verrückten Professoren, die unlösbare Gleichungen aneinanderreihen. Und auch, weil die Antworten, selbst wenn sie falsch sind, mir vielleicht helfen können, weniger Bedauern zu empfinden.

Denn deine Gefährtin zu sein, ist nicht unbedingt ein erstrebenswertes Los. Ich war oft verunsichert durch das wenige, was du mir von Claire erzählt hast. Ich hatte den Eindruck, eure Beziehung sei eingleisig. Claire war dir völlig ergeben, und diese Ergebenheit und Hingabe störte dich offensichtlich überhaupt nicht. Das, was euch verband, wirkte so ungleichgewichtig: Ich verstand weder, wie ihr eine solche Unterordnung Vergnügen bereiten konnte, noch, wie du eine solche Vereinnahmung ertragen konntest.

Gewiß, in einer Paarbeziehung gibt es nie ein Gleichgewicht, aber so ungleich dürfen die Gewichte nicht verteilt sein.

Eine Frau ist nicht notwendigerweise schwach, wenn sie nachgibt, sie tut dies manchmal sogar aus List. Eine scheinbare Unterlegenheit ist für sie das Mittel, das zu erreichen, was sie begehrt. In diesem Fall jedoch schien die Schönheit Claires mit einer gewissen Trägheit gepaart zu sein, die zur Unterwerfung neigte. Es erschreckte mich ein wenig, daß du dich als Herrscher aufgespielt hast angesichts ihrer Untertänigkeit, daß diese Haltung dich nicht in Verlegenheit versetzte. Du versuchtest, dem mit der Behauptung zu begegnen, schöne Frauen seien mächtiger als intelligente Männer, aber hast du damit nicht nur deine eigene Intelligenz unterstrichen?

Mir dagegen gelingt es in den Angelegenheiten, bei denen das Herz mit im Spiel ist, trotz meiner Zerstreutheit und meines »guten Kerns«, wie die anständigen Leute sagen, mich gegen alle Halfter zu wehren, ohne daß es so scheint, ohne auszuschlagen, ich folge immer meinem eigenen Kopf, ich gebe meinen freien Willen nicht so häufig auf. Du nanntest mich dein »mutiges, kleines Pferd«. Ich habe lange gedacht, das drücke Bewunderung aus, in Wirklichkeit war es vielleicht nur Ausdruck einer gewissen Unruhe.

Ich habe dir fast nie etwas abgeschlagen, und dennoch habe ich fast immer getan, was mir paßte, indem ich meine Vergeßlichkeit vorschützte, um meine Unzuverlässigkeit zu erklären. Ob du gedacht hast, ich sei durchtrieben und launenhaft? Selbst wenn du es nicht hast merken lassen, habe ich diese Möglichkeit erwogen; im nachhinein schien sie an Wahrscheinlichkeit zu gewinnen. Oder aber ich glaubte es nur, um mich zu beruhigen. Um mir den guten Part zu sichern. Ich muß gestehen, daß ich ihn nicht so oft innehatte. Den guten Part.

Hattest du Angst, daß ich dir Widerstand leiste, daß ich nicht die Gefügigkeit von Claire an den Tag lege? Hast du meine Torheiten und meine Zurückweisungen gefürchtet? Bist du davor zurückgewichen, ein wenig von deiner Ruhe oder von deinem Stolz zu opfern? Das sind nicht zwangsläufig unsinnige Fragen. Sie bleiben jedoch unaufgeklärt.

Aber es ist gut möglich, daß ich nachgegeben hätte. Liebende verzichten auf einen Teil ihrer selbst. Daran kann man sie erkennen.

Hinterher frage ich mich auch: Hättest du weiter Interesse an mir gezeigt, wenn ich gleichfalls eine gehorsame Gefährtin gewesen wäre? In Wirklichkeit war ich dazu verdammt, dich zu enttäuschen, auf die eine oder auf die andere Weise. Man nennt das die Quadratur des Kreises. Ich habe mich darin verloren.

Ich glaube, letzten Endes hätte ich mich nicht verändert, hätte nichts aufgegeben. Du hättest es mit allem zu tun gehabt, was du mir direkt oder indirekt vorgeworfen hast. Wir wären ins Unglück gerannt.

Man muß Menschen sehr lieben, um sie, so wie sie sind, zu akzeptieren. Du hast mich nicht genug geliebt.

Den letzten Satz schreibe ich nicht leichtfertig nieder. Es ist so: Wenn du mir genügend Liebe entgegengebracht hättest, würdest du keine Angst vor mir gehabt haben. Du hättest uns vertraut. Das völlige Vertrauen zwischen uns hat gefehlt. An manchen Tagen, wie damals in Sorrent, war es greifbar nahe, aber wir haben das Ideal nie wirklich erreicht. Diese unüberwindliche Barriere hat unseren Untergang besiegelt.

Nein, ich hätte dir keine Sicherheit geboten.

Aber Lieben bedeutet nicht, sich ein für allemal auf dem Gipfel der Sicherheit zu wiegen. Es bedeutet, ständig zu zweifeln, ständig zu zittern. Und auch, ständig wachsam zu sein, um zu vermeiden, daß das tödliche Gift der Gewohnheit eindringt und uns tötet, oder noch schlimmer: uns einschläfert. Es bedeutet, nicht zu glauben, nun gäbe es nichts mehr zu tun, sondern im Gegenteil zu verführen und noch einmal zu verführen.

Lieben bedeutet nicht, um jeden Preis zu gewinnen. Es bedeutet, Risiken einzugehen, ungewisse Wetten abzuschließen, um den Verlust des Einsatzes zu bangen, damit der Schauder der Verdoppelung um so mehr Genuß bereitet.

Lieben bedeutet nicht, gebahnte und markierte Straßen zu befahren. Es bedeutet, wie ein Seiltänzer über Abgründe zu gehen, im Wissen, daß am Ende jemand steht, der mit sanfter, ruhiger Stimme sagt: Geh, geh weiter, habe keine Angst, du wirst ankommen, ich bin da.

Da belehre ich dich von neuem und spiele schon wieder den Schulmeister. Ich muß dich zur Verzweiflung bringen. Und, welche Ironie, ausgerechnet in dem Augenblick, wo der Zug in Verona einfährt, halte ich es für angebracht, über die Liebe zu dozieren! Aber wir sind nicht Romeo und Julia, Gott sei Dank. Unsere Geschichte ist weniger schlecht ausgegangen. Wir leben noch. Man sollte sich wahrscheinlich darüber freuen.

Auf den Schildern steht »Porta nuova«. Ich war noch nie in dieser Gegend von Italien. Ich bin versucht, meinen Wagen zu verlassen, um diese fremde Stadt in einem bekannten Land kennenzulernen, aber ich halte mich an den gefaßten Entschluß: meine Rückkehr nach Frankreich. Wenn ich anfange, bei jeder Gelegenheit einen Halt einzulegen, werde ich Paris nie erreichen. Ich werde also die Stadt der fluchbeladenen Geliebten nur durchfahren, das ist auch gut. Ich suche verstohlen die Blicke der Leute, die hier bleiben, und verliere sie gleich wieder. Unser Zug setzt sich schon in Bewegung. Der Bahnsteig leert sich, entfernt sich, die Schilder verschwinden. In wenigen Minuten werden die Häuser seltener sein, wir werden durch die italienische Landschaft fahren, durch die vom Abendwind niedergedrückten Wiesen, durch Weinberge, die schlechten Wein ergeben, durch die hereinbrechende Nacht. Ich werde erneut allein sein hinter dem durch eine horizontale Mahagonileiste zweigeteilten Fenster, an das ich meine Stirn lehne. Allein mit der Erinnerung an dich und an deine Abwesenheit und an dein Schweigen und mit dem Schreiben, das versucht, das alles zu überwinden.

Nachts – in Paris oder in den Hotelzimmern – passiert es mir immer noch, daß ich aufwache und meine Hand nach der leeren Stelle des Betts ausstrecke, um deine Gegenwart zu suchen. Im Halbschlaf brauche ich mehrere Sekunden, ehe ich begreife, ehe ich meinen Irrtum einsehe und ehe mich Scham und Elend überkommen. Aber während dieser Sekunden schwanke ich zwischen Entsetzen und Hoffnung, ich empfinde sowohl die Angst des Kindes, das sich vorstellt, seine Eltern hätten es verlassen, wie dessen panischen Wunsch, sich getäuscht zu haben. Es sind schreckliche und erschöpfende Sekunden, die darauf folgenden sind nur noch beschämend.

Aber das passiert immer seltener, ein Zeichen, daß es mir besser geht.

Heute abend in diesem Zug laufe ich nicht Gefahr, deine Gegenwart zu suchen: Mein Bett im Schlafwagen ist schmal. Ich betrachte die blanke Maserung des Nußbaumfurniers, die frischen Laken, das weiche Kopfkissen, es läßt nur Raum für einen Frauenkörper.

Aber die Bewegung meiner Hand auf dem rauhen Papier und die Anstrengung, die es mich kostet, dich zu erreichen, erinnern mich an deine Abwesenheit.

Die Abwesenheit paßt zu dir. Selbst als wir ein Paar waren – was für ein komischer Ausdruck –, brachtest du es fertig, die Distanz zwischen uns aufrechtzuerhalten, indem du für Geheimnisse gesorgt, deine Sätze nicht vollendet oder geäußert hast: »Das kannst du nicht verstehen« oder: »Ich kann dich damit nicht belästigen.« Ich fragte nicht nach. Darum habe ich dich immer wie in einer Gloriole, wie hinter einem Schleier gesehen. Ich glaube, für gewöhnlich sind es eher die Frauen, die sich bemühen, rätselhaft zu sein. In diesem Fall warst du es, der darauf achtete, undurchschaubar zu sein. Ich akzeptierte es.

Ich stellte wenig Fragen. Du hättest doch nicht geantwortet.

Eines Tages ist mir ein Kinderphoto von dir in die Hand gefallen. Du hattest beschlossen, deine Wohnung aufzuräumen, hattest Schränke und Schubladen geleert und Müllsäkke aufgehäuft. Du hast behauptet, man müsse regelmäßig Ordnung schaffen, du sagtest: reinen Tisch machen, und dieser Ausdruck ließ mir das Blut damals noch nicht stokken, du hast versichert, Leute, die nicht fähig seien, etwas wegzuwerfen, die zögerten, sich von dem Kram zu trennen, der ihnen keinerlei Nutzen brächte, seien unheilbare, an die Vergangenheit gefesselte Nostalgiker, du sagtest: Wenn man Fesseln trägt, ist keine Bewegung möglich, das waren deine Worte, ich hörte dir zu, ich war nicht einig mit dir, aber das war nicht wichtig. Die Krise an diesem Tag war besonders heftig: Du wolltest dich deiner Kindheitserinnerungen entledigen, da gab es einen kleinen Stapel Photos, manche in schwarzweiß, andere in unbestimmten, grünlichen Farben, die den Geruch der siebziger Jahre verströmten. Die Leute auf den Photos lächelten, deine Eltern, deine Schwester, es waren meistens Urlaubsbilder, man konnte das Meer sehen, das Julilicht auf den Armen, den Schultern. Und da war auch dieses Photo, du warst vielleicht vier Jahre, es fiel schwer, das Alter dieses Jungen genau zu bestimmen, du hattest blonde, lange Haare, eine Locke fiel über deine Augen, du beugtest dich vornüber, du schienst beschäftigt zu sein, womit, sah man nicht, vielleicht nur damit, ein Spielzeug oder ein Insekt aufzusammeln, du trugst ein weißes Hemd, du glichst einem Engel, die Beschreibung ist etwas dürftig, aber genau so hast du ausgesehen: wie ein Engel. Ich habe das Bild, das deine Kindheit festhielt, eine Weile lang betrachtet, da bist du herangetreten und hast es mir mit einer raschen Handbewegung entrissen, aus irgendeinem mir unbekannten Grund wolltest du nicht, daß ich dich so sehe, du gabst mir keine Erklärung, ich habe mich gewehrt, ich habe dich mit einem Lächeln angefleht, ich habe dich gebeten, das Photo noch einmal sehen zu dürfen, aber du hast es vor meinen Augen zerrissen, du hast Konfetti daraus gemacht, diese Heftigkeit hat mich aus der Fassung gebracht, sie hat mich auch erschreckt, ich hatte das Gefühl, du wollest mir etwas verbergen oder mich verletzen, ich habe nichts mehr gesagt, ich habe dich nur sprachlos angeschaut, du bist, ohne ein Wort zu sagen, ins Wohnzimmer zurückgegangen, ich blieb am Boden sitzen, mit den zerstreuten Schnipseln des zerrissenen Photos, dem zerfetzten Kind, dem geschändeten Engel. Wenn ich das Gesicht heute wiedersähe, würde ich es sofort wiedererkennen, es ist in meinem Gedächtnis eingegraben. Und doch ist es nicht dein Gesicht, ich habe dich darin nicht wiedergefunden, ich habe nie einen Ausdruck an dir gesehen, der dem dieses vierjährigen Knaben geglichen hätte, man könnte sich fragen, ob du es gewesen bist.

Sind diese Briefe, die ich dir schicke, selbst wenn sie keine Fragen enthalten, letzten Endes nicht das Mittel, das ich gefunden habe, um zu versuchen, dich besser zu verstehen? Es könnte sein, daß ich dich deutlicher erkenne, indem ich unsere Beziehung unter die Lupe nehme. Indem ich die zerstreuten Teile eines Puzzles zusammensetze.

Was soll's, Schluß mit den Lügen, Schluß mit dem erbärmlichen Zurechtbiegen der Wahrheit! Endlich habe ich eine Tatsache, die mir nicht zur Ehre gereicht, erkannt (oder vielmehr zugeben müssen, so sehr springt sie ins Auge), ein ganz gewöhnliches, unbestreitbares Faktum: Dieses Schreiben, das angeblich für dich bestimmt, nur an dich gerichtet, dir gewidmet, dir zugedacht ist, das keinen anderen Zweck, keine andere Absicht zu haben scheint, als dich zu erreichen, ja, dieses Schreiben ist tatsächlich nichts anderes als ein zutiefst egoistischer Akt. Ich weiß gut und von Anfang an, daß es nur für mich ist, daß ich der Absender *und* der Empfänger bin. Es hat wenig zu bedeuten, daß es gewundene Wege, daß es Umwege einschlägt, es kommt zu seinem Ausgangspunkt zurück. Aber ist das nicht das Los allen Schreibens? Man schreibt nie für die anderen, niemals. Man schreibt nur für sich selbst. Man gibt vor, einen Dialog zu führen, aber das Ganze ist nichts anderes als ein Selbstgespräch.

Selbst die Orte sind bedeutungslos; die Reisen, die Exile. Sie dienen nur der Ablenkung. Sie schaffen die Illusion der Bewegung, sie täuschen einen Willensakt vor, aber was immer man tut, man bleibt verwurzelt, verwurzelt im Leid. Auch in der Ferne bleibt man an einen Fixpunkt gebunden, und dieser Fixpunkt ist die Verlassenheit. Der Kulissenwechsel ändert nichts. Denn letzten Endes ist das, was man sieht, nicht außerhalb sondern in einem.

Tausendmal Entschuldigung für meine wirren Gedanken. Nach diesem jähen Anfall schrecklicher Hellsichtigkeit, möchte ich noch einmal auf jenen merkwürdigen Ausdruck »Paar« zurückkommen, den ich gerade gebrauchte. Nein, wir waren kein Paar, kein Gespann. Vorhin im Speisewagen, da gab es Paare. Ich habe sie gesehen. Manche saßen händchenhaltend da, sie feierten vielleicht irgend etwas, die Reise im *Orient-Expreß* war vielleicht ein Geschenk, ein altes Versprechen. Andere schwiegen, ohne daß ich feststellen konnte, ob es sich um ein stilles Einverständnis oder um Langeweile handelte. Ich glaube, Paare langweilen sich häufig. Andere schließlich tauschten Belanglosigkeiten aus: Sie sind mir am interessantesten vorgekommen. Die gewöhnlichen Unterhaltungen schweißen zusammen, sie sind ein Kitt, sie sind nicht zu verachten. Wir waren keines dieser Paare, oder wir waren es abwechselnd oder nur zeitweise. Ich behaupte nicht, daß wir besser waren, ich weise nur darauf hin, daß wir es nicht verstanden, so wie sie zu sein, das gefiel mir, und das hat uns zum Scheitern verurteilt.

Ein Paar ist genau das, was dir mit Claire zu bilden gelungen ist. Eine runde und beruhigende Sache, ein glattgeschliffener Stein. Leugne es nicht.

Aber ich bleibe dabei, daß ich auf *dieses Dasein* nicht neidisch bin. Und wenn mich bei der Vorstellung, wie ihr beide euch umschlingt, der Schmerz übermannt, genügt es, an *dieses Dasein* zu denken, und der Schmerz verliert sich.

Ja, du hast richtig gelesen: Manchmal denke ich an eure Umarmungen, ich kenne deinen Körper in- und auswendig, und ich kenne Claires Gestalt, es braucht also keine große Phantasie, ich sehe, wie eure Haut sich berührt, wie eure Hände in Panik geraten, wie eure Lippen sich suchen, ich höre euer Stöhnen, eure Anstrengungen, du kannst dir nicht vorstellen, wie weh das tut, und dann wende ich diesen Trick an, der unfehlbar hilft: Ich rufe mir in Erinnerung, daß der Preis dafür *dieses Dasein* ist, das ich nicht wollen würde. Es handelt sich nicht um ein Bedauern, es ist eine Gewißheit, eine der letzten Gewißheiten, die mir bleiben, und dann geht es vorüber, die Bilder verschwimmen, sie werden durch andere ersetzt, in denen nur die Reiskörner beim Verlassen der Kirche fehlen oder ein in sonntäglichen Parks geschobener Kinderwagen, diese Bilder lassen mich schaudern.

Ich muß ehrlich sein: Der Trick ist nicht unfehlbar. Oder genauer gesagt, er tilgt den Schmerz nicht, er hält ihn nur in Schach, ein klein wenig. Ich könnte auch sagen: Er verwandelt ihn in ein Brennen. Du weißt schon, die Art Brennen, die man spürt, wenn man sich den Finger an einem Blatt Papier aufreißt, ja, manchmal ordnet man einen Papierstoß, man legt die Blätter aufeinander, der Finger gleitet über die Kanten, und man schneidet sich, anfangs scheint es nichts zu sein, es brennt ein wenig, man führt den Finger zum Mund, man leckt den Tropfen Blut ab, der dort perlt, man flucht auf seine eigene Ungeschicklichkeit, man sagt sich: Es ist nichts, aber am nächsten Morgen ist da eine kleine Wunde, die brennt, jedesmal, wenn man mit dem Finger etwas berührt, einen Füller zum Beispiel, bringt sich der

Schnitt in Erinnerung, er kann uns am Ende sogar quälen, nun, hier ist es ähnlich.

Anscheinend nähern wir uns Innsbruck. Unser Zug hat sein Tempo verlangsamt. Man könnte meinen, er wolle mitten im Nirgendwo anhalten. In der Dunkelheit, die inzwischen ausgebrochen ist, vermag ich nicht, die Häßlichkeit der Vororte zu erkennen, durch die wir fahren, aber in der Ferne sehe ich merkwürdig klar die Lichter der Stadt.

Die Erschöpfung ergreift Besitz von mir, aber ich habe mir vorgenommen, nicht, oder so wenig wie möglich, zu schlafen. Ich möchte die Aufenthalte auf den Bahnhöfen nicht verpassen. Den Faden nicht verlieren trotz des Schlingerns. Ich möchte, daß dieser Brief geschrieben wird.

Ich weiß nicht, wann wir Italien verlassen, die Grenze überschritten haben, ich habe nicht darauf geachtet, man hat es uns nicht gesagt. Es wäre mir lieb gewesen, wenn man es uns mitgeteilt hätte. Es ist immerhin keine Kleinigkeit, ein Land hinter sich zu lassen.

Automatisch stehe ich auf, ich würde gern einen *Butler* finden, um mich zu erkundigen. Ich öffne meine Tür und strecke den Kopf hinaus, aber die Gänge sind hoffnungslos leer. Nicht einmal das Lachen eines amerikanischen Nachtschwärmers aus der Zug-Bar ist zu hören. Es ist einer jener erloschenen Abende, die vorhin der Chef des italienischen Hotels andeutungsweise heraufbeschwor. Der Pianist in seinem Frack stimmte in das Lamento ein. Ich schließe meine Tür, während die Bahnhofstafeln von Innsbruck sich im Nebel abzeichnen.

Ich glaube, ich mag Österreich nicht. Ich bin allerdings nie dort gewesen. Es handelt sich heute um eine Premiere. Es ist mir recht, daß wir hier nur einen kurzen Halt machen. Ich würde mich auf diesem Territorium bestimmt nicht wohlfühlen.

Wohlgemerkt, es gibt hier die Alpen, aber ich mag nur die französischen, dabei habe ich gewiß keinen Hang zum Patriotismus. Ich spüre die Berge ringsum, irgendwo im Dunkeln, ich spüre sie als Bedrohung, sie beschützen mich nicht, sie könnten auf diesen Zug herabstürzen.

Ich spreche nicht deutsch. Was bedeutet dieses *Hauptbahnhof* auf den Granitmauern bei der Einfahrt des Zugs? Selbst die alltäglichsten Wörter sind für mich ein unüberwindliches Geheimnis. In manchen Ländern beruhigt mich dieses Geheimnis, oder es lullt mich ein: Hier beunruhigt es mich. Man wird mir diese prinzipielle Antipathie vorwerfen, man wird sie den Brandmalen schlecht erstickter Feuersbrünste zuschreiben, zu Unrecht. Denn dann müßte ich dieselben Vorurteile gegenüber Italien hegen, was nicht der Fall ist. Nein, es gibt einfach Orte, wo man sich als Eindringling fühlt. Österreich gehört dazu, ohne daß ich eine stichhaltige Erklärung dafür hätte.

Als der Zug zum Stehen kommt, ziehe ich mich in mein Abteil zurück. Im Wagen ist alles still, alles schläft. Ich bemerke, daß kaum jemand aus- oder einsteigt. Ein Eisenbahnangestellter auf dem Bahnsteig, ein kleiner, dicker, in ein Operettenkostüm eingezwängter Kerl, ist im Begriff, das Abfahrtssignal zu geben. Er hat eine Pfeife im Mund und einen feierlichen Gesichtsausdruck, er nimmt seine Rolle offensichtlich sehr ernst. Plötzlich pfeift er sich die Seele aus dem Leib, und unser Zug setzt sich in Bewegung.

Die Lokomotive ist schwerfällig, sie kommt nur langsam wieder in Fahrt, sie wird bestimmt mehrere Minuten brauchen, bis sie ihre Reisegeschwindigkeit wieder erreicht. Dieses langsame Schnauben, das eines nach Luft schnappenden alten Hundes, gefällt mir.

Warum erzähle ich dir das alles? Warum vertraue ich dir diese Einzelheiten an? Nun, weil du mich auf dieser Reise begleitest.

Später.

Ich lese die zuletzt geschriebenen Worte: Du begleitest mich auf dieser Reise. Gerade war es noch Österreich, von nun an ist es die Schweiz, im Morgengrauen Zürich.

Ich bin es mir schuldig, ehrlich zu sein: Ich habe den Kampf gegen den Schlaf verloren. Die Müdigkeit wurde mitten in der Nacht zu groß, ich habe mich auf dem Bett ausgestreckt, ohne mich zuzudecken, offensichtlich bin ich eingenickt, ich habe die Vorhänge nicht vorgezogen, und jetzt weckt mich das durch das Fenster eindringende Tageslicht und findet mich auf den kaum zerknitterten Decken in der Haltung vor, in der mich der Schlaf übermannte. Ich habe wirre Haare, gerötete Augen, einen Kopfkissenabdruck auf der Wange, einen trockenen Mund. Ich strecke mich, in der Hoffnung, den Schlaf abzuschütteln, aber die Erinnerung, daß das schon in der Kindheit vollkommen wirkungslos war, steigt in mir auf. Ich bleibe lange dösend auf dem Bettrand sitzen, unfähig, mich zu bewegen oder auch nur ins Auge zu fassen aufzustehen.

An den Morgen, an denen du gutgelaunt warst, forderte mein Erwachen deinen Spott heraus. Du hattest noch nie eine Frau erlebt, der es so schwerfiel, aus den warmen Laken zu kommen, die so lange brauchte, bis sie einen Fuß auf den Boden setzte, die so wenig imstande war, auch nur den geringsten Satz herauszubringen. Du machtest dich über meine halbgeschlossenen Augen, mein verquollenes Gesicht, meine schweren Beine lustig. Du sahst mich mit einer mitleidigen, ironischen Miene an, die geballten Fäuste in die Hüften gestemmt. Du küßtest mich auf den Nacken, und ich lächelte schließlich, aber es dauerte ziemlich lange, bis dieses Lächeln sich abzeichnete.

An manchen Tagen reizte dich diese Trägheit gewaltig. Du warst in Eile, warst es leid, auf mich zu warten, warst verzweifelt über meinen Mangel an Energie, du warfst mir vor, dich meinetwegen zu verspäten, obwohl die Einhaltung deines Zeitplans nicht von meinem Erwachen abhing, du schimpftest, und ich zwang mich aufzustehen, was noch schlimmer war, du zogst es vor aufzubrechen, deine Küsse glichen Bissen, ich legte mich sofort wieder ins Bett, wenn du aus der Tür warst.

Nichts hat sich geändert.

Außer, daß du nicht mehr da bist.

Lange Zeit habe ich geglaubt, Zürich sei die Hauptstadt der Schweiz. An dem Tag, als du mich auf meinen Irrtum aufmerksam gemacht hast, habe ich gesagt: Ach ja, natürlich, es ist Genf, ich erinnere mich an deine Bestürzung, ich war nie sehr gut in Geographie, und meinen Geschichtsunterricht habe ich vergessen. Ich bin davon überzeugt, daß es vielen Leuten so geht wie mir, selbst wenn sie es nicht zugeben werden. In Wirklichkeit kennt sich keiner in der Schweiz aus, und niemand kann die Lage der Städte zueinander bestimmen. Ja, wer weiß, ob Fribourg im Süden oder im Norden von Bern liegt? Wer kann die Entfernung zwischen Neuchâtel und Lausanne abschätzen? Wer kann mit Sicherheit sagen, daß Lugano nicht in Italien liegt? Ich jedenfalls nicht. Außer Lugano, was Italien betrifft, da bin ich unschlagbar.

Die Landschaft hier ist nicht mehr ganz so schroff wie die österreichische. Und der See übt eine beruhigende Wirkung aus. Sein bläuliches Wasser, das selbst in dieser Jahreszeit kalt wirkt, ist dennoch wie mit Gold übersät. Seine gekräuselte Oberfläche hindert den Betrachter nicht daran, den Eindruck, wenn nicht von Unbewegtheit, so doch zumindest von großer Ruhe zu gewinnen. Es ist ein sanftes Erwachen, ein ruhiger Morgen. Das gibt es.

Unser Zug hat sein Tempo beträchtlich verlangsamt, er bleibt fast stehen, er schlängelt sich mühsam zwischen Wasserfällen, Abgründen und beschneiten Gipfeln hindurch. Ich werde mich hüten, zweifelhafte Scherze über die legendäre Langsamkeit dieses Landes zu machen, aber ich muß gestehen, daß unsere Geschwindigkeit noch nie so gering war. Diese Bummelei liegt mir, sie begleitet ausgezeichnet das Reifen meiner Pläne.

Grundlos stelle ich mir die Frage: Würde ich dich wiedererkennen, wenn ich dich wiedersähe? Ich will damit sagen: Kann sich ein Mensch so verändern, daß er uns fremd wird?

Manchmal braucht es nur ganz wenig: Falten in den Augenwinkeln, ein paar weiße Haare, einen etwas fülligeren Körper, einen etwas schwereren Gang, eine zu dunkle Kleidung, eine neue Brille, und schon sind die, die man gut zu kennen glaubte, ganz andere. Auf den ersten Blick sieht man, daß sich etwas an ihnen verändert hat, ohne es benennen oder beschreiben zu können, man sucht herauszufinden, was es ist, was anders geworden ist, aber man zögert, sie zu mustern, denn man will nicht unhöflich erscheinen, man schaut sie verstohlen von der Seite an auf der Suche nach einer Antwort, und man findet keine, zurück bleibt das ungelöste Rätsel und die Überzeugung, daß die Zeit vergeht und ihr Spiel mit uns treibt.

Du gleichst fraglos nicht dem Bild meiner Erinnerung, du gleichst ihm um so weniger, als das Gedächtnis die Menschen immer idealisiert, ihre Fehler, ihre Macken ausradiert. Du kannst nicht mehr jener ideale, ewig junge Mann sein, mit einem Lächeln auf den Lippen und einer Siegermiene. Deine Züge sind ohne Zweifel gealtert und ernster geworden. Du bist heute bestimmt ein vielbeschäftigter, verantwortungsvoller Mann, während ich deine Unbekümmertheit und deine Energie in der Erinnerung trage.

Auch ich habe mich verändert, mußt du wissen. Die Photos, die meinen Berichten in den Magazinen beigegeben sind, täuschen, sie sind mehrere Jahre alt, sie zeigen eine Person, die ich nicht mehr bin. Meine Haare sind leicht gewellt, mein Gesicht ist nicht mehr das einer jungen Frau, niemand spricht mich mehr mit Mademoiselle an, meine Hüften sind runder geworden, leider, ich habe umsonst gekämpft. Im Spiegel meines Abteils sehe ich gut, daß der Kampf verloren ist, das ist unausbleiblich. Diese Niederlage hat mich zunächst geschmerzt, aber ich gebe mir Mühe, mich damit abzufinden. Und auf alle Fälle versuche ich nicht, verführerisch zu wirken.

Du wirst denken, diese Betrachtungen seien nutzlos, nicht wahr? Weil wir uns nicht wiedersehen werden. Weil wir nicht die Gelegenheit haben werden, die Verwüstungen, die die Zeit an dem anderen angerichtet hat, festzustellen. Möglicherweise wird uns selbst der Zufall nicht miteinander konfrontieren. Das verhindert nicht, daß mir das Bedauern bleiben wird: Nicht genau zu wissen, was für ein Mann du geworden bist.

Du wirst also, ob du willst oder nicht, jener Geliebte ohne allzuviele Fehler bleiben. An manchen Tagen freue ich mich darüber. Und an anderen nicht. An anderen Tagen verheert mich diese Feststellung regelrecht. Warum? Nun, deshalb, weil es mir, ich gestehe es, in mancherlei Hinsicht gelegen gekommen wäre, wenn du ein wenig verabscheuenswert gewesen wärest. Du hättest zum Beispiel eine nicht wiedergutzumachende Dummheit begehen können. Ich hätte dich mit einer anderen Frau überraschen, hätte Zeuge eines unverzeihlichen Verrats werden können. Du hättest dich taktlos oder unanständig verhalten, unpassende Worte äußern, gewaltätige Gesten machen können, es gibt genug Gelegenheiten für einen Mann, sich flegelhaft zu benehmen. Aber nein. Du hast dich auf deine Weise immer untadelig verhalten. Keine unverzeihlichen Schandtaten, nicht die geringste erkennbare Verfehlung, keine wirkliche Ungeschicklichkeit, die deine Verurteilung, deine Verbannung nach sich hätte ziehen können. Gewiß, es ist dir mehr als einmal gelungen, mich zu reizen, mich verrückt zu machen. Es gab hastig beendete Diskussionen zwischen uns, wir haben uns in den Schmollwinkel zurückgezogen, aber wir haben immer wieder Mittel und Wege gefunden, uns zu versöhnen, der eine oder der andere gab nach, ich in der Regel häufiger als du, das versteht sich von selbst, und wir erneuerten im Bett die vorübergehend gelockerten Bande. Ja, es wäre einfacher gewesen, wenn du ein übler Bursche gewesen wärest, wenn du zu Vorwürfen Anlaß gegeben hättest, du hast mir keine Chance gegeben, dich zu tadeln. Ich hätte dich schneller vergessen, wenn ich wütend auf dich hätte sein können. Aber es war nicht so.

Noch später.

In dem Waggon, in dem das Frühstück serviert wird, war ich gerade eben fast allein. Man hat mich, ohne es mir vorzuwerfen, darauf aufmerksam gemacht, daß ich eine der letzten sei, daß die anderen sehr viel früher dagewesen wären. Außer mir saß noch eine alte Dame an einem der Nachbartische, ich sage alt, ich könnte jedoch nicht sagen, wie alt sie war, vielleicht siebzig Jahre oder weniger. Sie war in Weiß gekleidet, mit zurückhaltender Eleganz, ihre Augen schienen zu lachen, unsere Blicke haben sich mehrmals gekreuzt, die ihren strahlten Wohlwollen aus, oder zeigten sie Solidarität mit meiner Einsamkeit?

Ich hätte gern mit ihr gesprochen, wäre gern auf sie zugegangen, obwohl mir eine solche Kühnheit gar nicht ähnlich sieht, ihre offenkundige Gütigkeit zog mich zu ihr hin, da ich ihr jedoch nichts zu sagen hatte und außerdem dachte, sie nehme ihr Frühstück vielleicht absichtlich außerhalb der Stoßzeit ein, um nicht gestört zu werden, bin ich auf meinem Platz sitzen geblieben und habe keine Unterhaltung angeknüpft. Ich bin überzeugt, daß es dir pathetisch vorkommen wird, aber ich habe gefunden, daß ich ihr gleiche. Ja, auch ich war eine alte, einsame Frau im Speisewagen eines Luxuszugs, nicht wirklich traurig, auch nicht wirklich reizvoll, allenfalls liebenswürdig zurückhaltend.

Während ich ein Croissant zerbröselte, betrachtete ich durch das Fenster zerstreut die Schweiz, eine monotone Landschaft, all das Grün, die strotzende Gesundheit berührten mich nicht, riefen keine Reaktion hervor, machten mir keinen Eindruck. Dieses Draußen war mir völlig fremd.

Neben meinem Gedeck lag eine Zeitung. Ich war versucht, sie aufzuschlagen, und habe dann doch darauf verzichtet. Ich hatte keine Lust, die Neuigkeiten der Welt zu erfahren. Ich fühlte, daß das Unglück der Menschen an mir ablaufen würde wie der Regen an den Flügeln einer Ente, nichts hätte meine Aufmerksamkeit gefesselt. Ich schob diese Teilnahmslosigkeit auf meine Müdigkeit, auf mein Unvermögen, mich aus meiner Lethargie zu befreien, aber wenn ich ganz ehrlich bin, muß ich zugeben, daß dies nicht der Grund war.

Die Kellner warteten, ohne ungeduldig zu werden, bis ich meinen Kaffee getrunken hatte. Sie tuschelten miteinander. Ich glaube, sie redeten nicht über mich. Man merkt es, wenn man der Gegenstand geflüsterter Bemerkungen ist: Sie interessierten sich sichtlich nicht für mich, es war gut so. Als ich dann endlich aufstand, um in mein Abteil zu gehen, grüßten sie mich ohne Unterwürfigkeit und wünschten mir einen schönen Tag. Ich habe zurückgelächelt. Ich habe mich gefragt, wie lange ich nicht mehr gelächelt habe.

Im selben Augenblick, in dem ich den Bericht über diese morgendliche Episode abschließe, machen wir im Bahnhof von Basel halt.

Ich bin vor ein paar Jahren hier gewesen. Wir wollten zusammen hinreisen, aber im letzten Moment hast du mir verkündet, daß du nicht weg kannst, Claire nicht verlassen kannst, du hattest Angst, daß sie etwas ahnte, du mußtest einen Treuebeweis liefern, ich bin noch weitergegangen, indem ich sagte: »Ballast abwerfen«, du fandest das nicht komisch. Und doch ging es genau darum: Dich von einer Last, die geeignet war, dich in den Abgrund zu reißen, zu befreien, um wieder an die Oberfläche zu kommen. Es wäre immer noch Zeit, mich in meinen Tiefen zu suchen, wenn ich dort überlebte, wenn es mir gelänge, während der Tage deiner Abwesenheit und deiner Feigheit den Atem anzuhalten.

Es ist manchmal vorgekommen, daß du mich versetzt hast, du hast dich immer entschuldigt, hast gute Gründe angeführt, ich wußte nie, ob es sich um Lügen handelte oder nicht, ich wollte es gar nicht wissen, ich tat so, als wäre es mir egal, als würde ich dich verstehen, als würde ich dir verzeihen, ich hatte keine Lust, mich mit dir zu streiten, ich war meistens tief gekränkt. Ich hätte dir vielleicht Vorwürfe machen sollen, Szenen, aber das ist nicht meine Art, ich verabscheue Leute, die ihren Streit öffentlich austragen und ihrer Umgebung damit ein Schauspiel bieten. Ich schloß mich zu Hause ein, ich zog den Stecker des Telefons heraus, ich verzichtete auf alte Videofilme. Manche kann ich bis heute nicht sehen, weil sie mich unweigerlich in jene Stunden der Verzweiflung zurückversetzen. *Paris Texas* zum Beispiel. Ja, es mir ist unmöglich, *Paris Texas* anzuschauen. Ich versuche es erst gar nicht mehr.

Was Basel betrifft, bin ich damals standhaft geblieben. Trotz deines Rückziehers bin ich hingefahren. Ich muß außerordentlich wütend gewesen sein. Ich hatte dein Flugticket weggeworfen und nur das meine behalten. Aber es war doch merkwürdig: Der Platz neben mir an Bord der Maschine war leer. Die Unwägbarkeiten der Registrierung, weiter nichts. Dieser Zufall hat mich vor den Kopf gestoßen.

Bei der Landung muß man aufpassen. Auf der einen Seite des Flughafens liegt Mülhausen und Frankreich. Auf der anderen Basel und die Schweiz. Ich habe aufgepaßt.

Mein Hotel war ein ehemaliges Gefängnis ganz oben in der Stadt. Seinen Namen habe ich vergessen, aber ich sehe das Zimmer deutlich vor mir, die enge Tür, die niedrige Decke, den kahlen Raum, die in den Schießscharten angebrachten Fenster, ohne Fernseher, die ungewöhnliche Kargheit, die unschlagbare Ruhe. Ich würde mich gern an den Namen erinnern, es ist ärgerlich, ein so schlechtes Gedächtnis zu haben.

Die Straßen und die Häuser sind sehr hübsch. Man könnte meinen, man habe eine Puppenstadt vor sich. Die Fassaden sind bunt. Auf einem Platz drehte sich ein Karussell.

In erster Linie war ich gekommen, um die Fondation Beyeler zu besuchen. Das sehr schöne, von Renzo Piano entworfene Gebäude allein ist schon ergreifend. Damals gab es eine Ausstellung mit Werken von Bacon, über die in ganz Europa gesprochen wurde. Mich verlangte danach, mir gerötetes Fleisch, gequälte, entstellte Körper, Kreuzigungen, verfremdete fromme Bilder anzusehen. Einige Bilder des englischen Künstlers waren den Werken, durch die sie inspiriert wurden, gegenübergestellt. Die Papstporträts hingen neben der Darstellung von Velazquez, die Nackten neben den Vorbildern von Gericault, die Käfige neben den eingegrenzten Räumen von Giacometti, die Kreise erinnerten an die Arenen von Picasso oder Goya. Dir hätte das mißfallen. Du magst nur, was du auf den ersten Blick verstehst. Es war gut, daß du nicht mitgekommen bist.

Diese Zeit erscheint mir fern. Ich bin nicht mehr die Frau, die auf der Suche nach starken Eindrücken in Museen anzutreffen ist. Ich bin nur noch eine Frau, die vor den Erinnerungen flieht, die sie unermüdlich wieder einholen.

Gerade sind Zollbeamte in Uniform vorbeigekommen, um meinen Paß zu überprüfen. Sie waren sehr höflich und wenig mißtrauisch. In einem Zug wie diesem vermuten sie wahrscheinlich kaum Leute, die Bomben transportieren. Der, der mich kontrollierte, gab mir die Papiere mit einem Lächeln zurück. Ich habe ihn gefragt, ob wir uns von nun an in Frankreich befänden, er hat es bejaht, und seine Miene drückte Überraschung aus. Ich brauchte jemanden, der es mir bestätigt: Nach Monaten des Exils bin ich zurück im Land. Ich mußte es hören, *um daran zu glauben*. Im selben Augenblick habe ich zwei offensichtlich widersprüchliche Gefühle empfunden: Erleichterung und Angst. Sie haben mich nicht wieder verlassen.

Von nun an betrachte ich die Landschaft, die vor mir liegt, aufmerksamer, sie ist gar nicht so verschieden von den Tälern der Westschweiz, und doch scheint es mir, als habe sich etwas verändert, seit wir die Grenze überquert haben, etwas, das ich nicht benennen kann, und dann, plötzlich, fällt es mir wie Schuppen von den Augen: Ich kenne die Namen auf den Schildern beim Einfahren in die Städte oder entlang den Landstraßen, ich kenne die Sprache.

Eine Erschütterung.

Mit der Sprache, mit den gewohnten Namen, wird mir mein Land zurückgegeben, als handelte es sich um einen bei der Gepäckaufbewahrung abgestellten Koffer. Ich habe mein Ticket vorgezeigt, und man hat mir mein Gepäck ausgehändigt, ich habe es zurückgenommen, das war's.

Die Gegend kommt mir plötzlich so vertraut vor, daß ich mich frage, ob ich sie jemals verlassen habe. Und da ich weiß, daß ich sie verlassen habe, kommt es mir so vor, als schrumpfe die Zeit seit meiner Abreise auf ein Minimum zusammen. Mir wird klar: Das Reisen hat keine Fremde aus mir gemacht. Es hat mich entfernt, aber nicht entwurzelt. Es hat mich verbannt, aber nicht ausgebürgert. Ich nehme alles wieder in Empfang.

In wenigen Stunden erreichen wir Paris. Ich werde das Abteil nicht mehr verlassen, ich werde nicht zum Mittagessen gehen, ich habe ohnehin keinen Hunger, ich werde mich in diese Holzintarsien, in diese Atmosphäre der Zwanzigerjahre einschließen und den unzusammenhängenden – du würdest sagen konfusen – Brief fertigschreiben, ich werde die Reise beenden, wie ich sie begonnen habe: in deiner Gesellschaft, und wenn ich den Brief an der Gare de l'Est einstecken werde, werde ich mir die Frage stellen, ob ein neuer Start möglich ist.

Ich habe niemanden über meine Rückkehr benachrichtigt, nicht einmal Jeanne. Es könnte sein, daß ich auf dem Bahnsteig zusammenbreche, daß meine Knie nachgeben, daß mich eine Schwäche übermannt, ich möchte niemandem ein Schauspiel geben. Du wirst denken, ich übertreibe, du bist im Unrecht, der Körper redet manchmal, man kann ihn nicht daran hindern, sich zu äußern, das geht vorbei, alles geht vorbei.

Ich werde ein Taxi nehmen, ich werde in aller Ruhe nach Hause fahren, ich werde das Fenster herunterkurbeln, um ein wenig von der verpesteten Luft einzuatmen und die warme Sonne auf meinem Arm zu spüren, der Chauffeur wird mir dabei behilflich sein, mein Gepäck in den Hauseingang zu stellen, ich brauche nur noch in die zweite Etage hinaufzugehen, die Tür zu öffnen, sie wieder zu schließen. Es wird schon alles gut gehen.

Im Postkasten werden keine Briefe sein: Sie werden im Wohnzimmer auf dem Tisch liegen, Jeanne ist jede Woche vorbeigekommen, um sie herauszunehmen. Auf meinem Anrufbeantworter werden Nachrichten gespeichert sein, aber nicht so viele: Er ist rasch voll. Du wirst mir kein Lebenszeichen geschickt haben.

Und trotzdem werde ich nicht verhindern können, auf eines zu hoffen, ich werde die Schriften auf den Briefumschlägen überfliegen, werde die Stimmen auf dem Band ablaufen lassen. Ich weiß jetzt schon: Am Ende, wenn nicht der geringste Zweifel mehr besteht, daß du dich nicht gemeldet hast, werde ich zusammenbrechen.

Noch ist es nicht soweit. Genießen wir die letzten Stunden dieser Reise. Den veralteten Luxus, das großartige Nichtstun, die schöne Einsamkeit. Genießen wir die trügerische Ruhe vor den zu erwartenden Turbulenzen.

Ich küsse dich,

Louise

Paris

Clément,

wann habe ich dir den letzten Brief geschrieben? Ja, natürlich auf der Rückreise von Venedig im *Orient-Expreß*. Wie konnte ich das vergessen? Aber in den letzten achtzehn Monaten sind in meinem Leben so viele Dinge passiert: ein Spalt hat sich geöffnet oder vielmehr eine Kluft hat sich aufgetan zwischen meiner jüngsten Vergangenheit und meiner heutigen Existenz. Wenn ich mich umdrehe, kann ich das andere Ufer sehen, aber ich muß die Augen zusammenkneifen, den Blick richtig einstellen, meine Augen mit der Hand beschatten. Ob man das Echo auf der anderen Seite wahrnehmen könnte, wenn ich einen Schrei ausstoßen würde?

Ich sage: »So viele Dinge«, aber tatsächlich ist die Formulierung übertrieben. Es würde reichen, wenn ich sagte: »Vincent ist passiert«, und ich hätte das Wesentliche gesagt.

Ich werde dir von ihm erzählen. Ich werde dir von ihm erzählen, und danach wird Schluß sein. Mir scheint, ich bin es dir schuldig. Du würdest behaupten, ich schuldete dir nichts, aber in Wirklichkeit ist es wie eine Schuld, die beglichen werden muß. Oder eine Rechnung, die bezahlt werden muß. Danach werden wir quitt sein.

Du wirst bestimmt denken, ich versuche, mir Genugtuung zu verschaffen, endlich einen Sieg zu erringen (welche Illusion, wenn man es recht bedenkt) oder mich zu erleichtern. Aber du täuschst dich. Darum geht es mir nicht mehr. Ich habe nicht mehr das Bedürfnis, mich an dir zu messen oder unser gemeinsames Leben zum alleingültigen Maßstab zu nehmen. Ich bin eine andere geworden, du kannst es mir glauben, auch wenn es schwerfällt, sich eine solche Metamorphose vorzustellen.

Ich verleugne weder die Frau, die ich gewesen bin, noch die Leiden, die ich erduldet habe, noch den Groll, den ich empfunden habe, noch die Schwierigkeiten, die ich hatte, mich von den Schlacken zu befreien, die an mir klebten. Ich besitze genug Verstand, um mich zu erinnern, woher ich komme. Aber ich habe mich ganz einfach geändert, weil die Dinge um mich herum sich geändert haben.

Ich versichere dir, ich bin nicht mehr diese beschädigte, verbogene, von widersprüchlichen Stimmungen durchdrungene Frau, die bald prahlerisch und stolz den Kummer leugnete, bald niedergeschlagen eine Geste von dir erflehte. Die manchmal von sanften Erinnerungen gewiegt, meistens jedoch von schlechten attackiert und wundgerieben wurde. Die vorübergehend ruhig, fast heiter und dann wieder hektisch und empfindlich bis zur Zerbrechlichkeit sein konnte. Die deine Ausreden, deine Abwesenheit akzeptierte und es einen Augenblick später darauf anlegte, ihren Spott über den Mann auszugießen, der du geworden bist.

Diese Frau, die so hin- und hergeworfen wurde, die sich so paradox verhielt, mußte dich mit ihren Kehrtwendungen, ihrem stolzen Aufbegehren und ihren kläglichen Rückzugsgefechten beunruhigen. Du hast sie fraglos bedauernswert gefunden. Sie hat dich obendrein verärgert, indem sie dir Lehren erteilte und dir das Leben erklärte, was wußte sie schon vom Leben, oder?

Ich weiß, daß diese Frau wirklich existiert hat, meine Briefe berichten dir von ihr, sie bewahren ihre Spur. Ich war diese Frau, es gibt sie nicht mehr.

Ich mußte das offenbar durchleben, es war unvermeidlich, unmöglich sich zu entziehen. Es bedurfte dieser Gemütsverwirrung, dieser unzusammenhängenden intimen Worte, dieser anarchischen Ortsveränderungen, die nichts anderes waren, als der Versuch, meiner Traurigkeit zu entkommen. Von Zeit zu Zeit sieht man im Fernsehen Möwen, die nach einer Ölpest im Ölfilm festkleben, sie kämpfen, um sich aus der klebrigen Masse zu befreien, und flattern verzweifelt mit den Flügeln, um nicht an Ort und Stelle zu sterben, einfach so, sinnlos. Meistens sitzen sie in der Falle und kommen nicht mehr heraus, ihre Flügel erlahmen schließlich und sie mit ihnen, sie erstarren in einer schwarzen Lache, tot. Manchmal jedoch, allerdings selten, gelingt es einigen glücklicheren, weniger geschwächten, mutigeren, die mit einem stärkeren Überlebenswillen ausgestattet sind, sich herauszuhelfen. Im allgemeinen kommt ihnen ein glücklicher Zufall zu Hilfe, ein heftiger Wind, eine ergiebige Flut, die die Lache, in der sie festsitzen, wegschwemmt, oder ein wohlmeinender Tourist, der sie befreit; dann beginnen sie zu flattern, lassen das Öl, das an ihren Flügeln und ihren Füßen klebt, hinter sich und fliegen wieder los, langsam, aber sie fliegen, sie schaffen es. Ich bin eine jener glücklichen Möwen.

Ehrlich, ich dachte nicht, daß ich es schaffe. Als ich den Brief an der Gare de l'Est eingesteckt habe, war mir, als würfe ich zum x-ten Mal eine Flaschenpost ins Meer. Meine Handlung erschien mir absolut notwendig und absolut umsonst. Ich mußte es tun, ich mußte dir schreiben und wieder schreiben, obwohl ich wußte, daß diese Beschäftigung zum Scheitern verurteilt war. Man nennt dies einen Teufelskreis. Für gewöhnlich entkommt man ihm nicht.

Und zudem wußte ich im Grunde meines Herzens, daß ich ein weiteres Mal an deinem Schweigen, deinem unerschütterlichen Schweigen abprallen würde. Daß ich als Auffangbecken für meine Neurosen nur deine Gleichgültigkeit, die Wucht deiner Sprachlosigkeit hätte. Ich schickte Briefe an jemanden, der nie darauf antworten würde, der sie ärgerlich oder zerstreut lesen würde, vielleicht nicht einmal bis zum Ende, der sie zerreißen würde, damit sie niemand fände, und der dann zu etwas anderem überginge.

Als ich in meine Wohnung gekommen bin, genau in dem Moment, als ich sie betreten habe, hatte ich das deutliche Empfinden, daß mich eine Last niederdrückte, daß sich ein Bleigewicht auf meine Schultern legte. Die abgedunkelten Zimmer, der dumpfe Geruch waren plötzlich wie ein Vorgeschmack des Todes. Ich schwankte, der Boden unter meinen Füßen gab nach. Ich habe die Wohnung fluchtartig wieder verlassen. Auf der Straße wurde mir klar, daß ich alle meine Reisen umsonst unternommen hatte, es war nun kein unbestimmtes Gefühl mehr, es war zur Gewißheit geworden, ich war an den Ausgangspunkt zurückgekehrt, nichts war gewonnen. Ich ahnte es, ich hatte es dir gesagt, aber es auf diese Weise und so schnell, so brutal zu erfahren, ohne die Zubilligung einer Phase der Entspannung, das hat mich niedergeschmettert. Ja, das habe ich mir nicht so vorgestellt.

Ich habe auf der Stelle einen Entschluß gefaßt: mich mit Arbeit zu betäuben, und das habe ich getan. Ich bin jeden Tag in die Redaktion gegangen, sie trauten ihren Augen nicht, sie haben mich zuerst für verrückt gehalten, haben mich wie ein Unfallopfer behandelt, ihre Haltung drückte Mitleid aus, ich spürte es genau, ich beschloß, es nicht zu beachten, ich versuchte durchzuhalten, weiterzumachen. Ich habe mich wie eine Ausgehungerte, eine Freßsüchtige verhalten, indem ich immer und immer mehr Aufträge verlangte, ich weiß nicht wie viele Themen ich bearbeitet, wie viele Seiten ich geschrieben habe, ich war eine richtige Legehenne, man versicherte mir, meine Artikel seien sehr gut, die Verzweiflung setzt offenbar Talente frei.

Ich las nichts ein zweites Mal. Ich sprang von einem Thema zum anderen, von einer Reportage zur anderen, von einem Interview zu einer Kritik, ich betrat für mich neue Territorien, ich beschäftigte mich mit Dingen, um die ich mich bisher nie gekümmert hatte, ich machte alles, wie es kam und offensichtlich sehr gut. In einem bestimmten Zustand der Unschuld ist man fähig zu Glanzleistungen.

Ich erinnere mich nicht an diese angeblichen Großtaten. Ich erinnere mich nur an meine Energie, diese Weise, mich zu verausgaben, eine gewisse Verbissenheit, du wärst der erste gewesen, der darüber gestaunt hätte, du, der du mich nur als jemand gesehen hast, der nicht mit seiner Zeit umzugehen weiß oder sie verschwendet.

Diese Raserei dauerte mehrere Wochen, ich könnte nicht genau sagen wie viele. In dieser Situation gab es nur das oder den Tod. Nun ist es heraus! Die Zeit für Verstellungen ist vorbei. Denn jetzt, wo alles verjährt ist, wo keine Gefahr mehr besteht, kann ich es dir gestehen: Ich habe mich mehr als einmal gefragt, welchen Sinn es hat, am Leben zu bleiben, wenn es nur noch dazu dient, das Leben eines Verletzten, eines Zombies zu führen. Nie habe ich die Antwort gefunden.

Aber ich bin am Leben. Nur das zählt, ist es nicht so? Ich habe die Schwelle nicht überschritten. Nicht das Dunkel gewählt. Bin nicht mutig genug gewesen. Oder nicht müde genug. Ja, nicht müde genug. Ich habe immer angenommen, daß Menschen, die sich das Leben nehmen, in Wirklichkeit nur einige Sekunden lang einer zu schweren Müdigkeit erliegen.

Ich hätte es in keinem Fall getan. Auch, wenn Vincent nicht gekommen wäre. Davon bin ich fest überzeugt, ohne es beweisen zu können. Daran denken ist eine Sache. Sich umzubringen eine andere. Nein, ich hätte es nicht fertiggebracht.

Und dann ist Vincent gekommen. Ich habe ihn nicht kommen sehen.

Eines Morgens ist er dagewesen, als ich ihn nicht erwartete. Er ist nicht wieder gegangen.

Ich weiß gut, daß ich nicht *verpflichtet* bin, dir zu erzählen, wie es sich zugetragen hat. Um so mehr, als du diese »Schamlosigkeit«, meinen »Mangel an Takt« kaum billigen wirst.

Du wirst nicht so weit gehen, von Obszönität zu sprechen, aber nur, weil du dich unter Kontrolle hast. Die Wahrheit ist, daß ich *darauf bestehe*, dir zu erzählen, wie es sich zugetragen hat. Ich habe nie Geheimnisse vor dir gehabt. Bis hierher sollst du alles wissen. Darüber hinaus nichts.

Es hat mit einer Frage begonnen, einer Frage, die ich ihm stellte, als ich mich in einem Café in Saint-Germain ihm gegenüber hinsetzte. Es hat mit einem »Wie geht es Ihnen?« begonnen. Banaler geht es nicht. Er war der Rechtsanwalt, der im Moment als Verteidiger der Familie der Opfer einer in den Medien hochgespielten Attentatsaffäre im Rampenlicht stand. Ich war die Journalistin, die dazu ausersehen war, ihn zu interviewen.

Von Anfang an ist er mir jünger vorgekommen als im Fernsehen, weniger selbstsicher, weniger routiniert; seine sehr bestimmte, sehr geschliffene Rede vor den Kameras hatte etwas anderes erwarten lassen. Ich habe ihn daher ziemlich bald nach seinem Alter gefragt. Die Neugier tat das übrige, aber diese Frage stellt sich, oder nicht? In beruflichem Zusammenhang. Als ich seine Antwort erhielt, habe ich mich dabei überrascht, wie ich im Kopf nachrechnete und mir überlegte, wie viele Jahre uns trennen. Diese Reaktion hätte mich mißtrauisch machen müssen. Es ist wirklich keine normale Reaktion. In beruflichem Zusammenhang, wohlverstanden.

Vier.

Vier Jahre trennen uns.

Ich bin die Ältere von uns beiden.

Auf der Stelle habe ich gedacht: Er ist nicht für mich. Das war idiotisch, gewiß. Unangebracht. Aber es ist mir trotzdem als erstes durch den Kopf geschossen: Er ist nicht für mich, eine Frau wie ich paßt nicht zu einem Mann wie ihm, der Abstand zwischen uns ist zu groß, nichts kann ihn überbrücken. Schade.

Das genau ist das Wort, das sich mir aufdrängte: schade.

Fünf Minuten bevor ich ihn traf, wußte ich nichts von ihm, außer den wenigen Notizen, die mir meine Assistentin in der Redaktion vorbereitet und die ich im Taxi zerstreut überflogen hatte. Doch, ich habe es dir gesagt: Ich erinnerte mich an sein Gesicht im Fernsehen, er war mir nicht besonders anziehend vorgekommen und hatte keinen nachhaltigen Eindruck hinterlassen. Und hier, nachdem ich ihm kaum fünf Minuten gegenübersaß, begann ich, unseren Altersunterschied auszurechnen, um darin sofort einen Hinderungsgrund für eine mögliche Beziehung zu erkennen.

Ich versichere dir, ich träumte weder von einer Beziehung mit ihm noch mit irgend jemand anderem. Warum also dieses Verhalten? Selbst heute könnte ich es nicht erklären. Es ist mir völlig unverständlich.

Es war nicht Liebe auf den ersten Blick, da bin ich mir sicher. Nein, selbst wenn es so scheinen mag. Die Liebe auf den ersten Blick, das war vorbei, die hatte ich hinter mir, sie war dir vorbehalten gewesen.

Es war etwas anderes. In Wirklichkeit war es eine Temporingerung. In dem zügellosen Leerlauf, zu dem sich mein Leben entwickelt hatte, weckte dieser Mann den Wunsch in mir, mein Tempo zu verringern, wieder zu Atem zu kommen, mir Zeit zu nehmen. Dieses plötzliche Verlangen nach Langsamkeit, der Wunsch, der Augenblick möge nicht zu rasch vorbeigehen, der Wunsch, ihn festzuhalten, war verwirrend. Plötzlich war es nicht mehr lebensnotwendig zu laufen, ich konnte anhalten, ohne zu fallen, ich war nicht mehr dieser wahnsinnige Kreisel, der sich um sich selbst dreht, ich war fähig zu einem gewissen Innehalten oder zumindest zu einer geringeren Geschwindigkeit. Als ob mein Schwerpunkt sich verlagert hätte.

Er hat offenbar nichts davon bemerkt. Er hatte keine Ahnung von meinem Leben, von meiner Gangart, er hielt mich wahrscheinlich für eine energische, vielleicht auch rastlose Frau, im Glauben, alle Journalisten in Paris seien so oder würden sich diesen Anschein geben. Er hat nicht einmal gespürt, daß mein Puls sich beruhigte, so sehr war er damit beschäftigt, sich seine Antworten zu überlegen. Um ganz ehrlich zu sein, er hat mich kaum angeschaut. Ein weiterer Unterschied zwischen uns zeigte sich: Er nahm nichts von dem wahr, was sich vor seinen Augen ereignete.

Und diese Zerstreutheit, diese Unachtsamkeit, die ihn von mir unterschied, war schön. Sie hat mich gerührt und dazu veranlaßt, das Interview zu unterbrechen und ihn anzulächeln. Da stand es im Raum, dieses ungebührliche Verhalten, mein plötzliches Schweigen, und dann, nach einigen wortlosen Sekunden, mein Lächeln. Auch er hat aufgehört zu reden. In dem Moment begriff er, daß sich etwas ereignete. Er begann mich zu beobachten, zum ersten Mal. Er konnte nicht anders. Des Schweigens, des Lächelns wegen.

Dieses Schweigen hat nicht lang gedauert. In Wirklichkeit gerade lang genug, um eine leichte Verlegenheit aufkommen zu lassen. Seine Wangen röteten sich, auf seinem Gesicht zeichnete sich ebenfalls ein Lächeln ab, dann senkte er den Blick. Bei einem Mann ist Schüchternheit eine reizende Schwäche. Ich versuchte, mir ins Gedächtnis zu rufen, bei welcher Gelegenheit du den Blick gesenkt hast, ich konnte mich an keine erinnern.

Um uns herum herrschte die in einem Café übliche Unruhe, das Ballett der Kellner, die geflüsterten Unterhaltungen, das Klirren der Gläser, das Quietschen der Stühle, das allgemeine Getöse, nichts hat für uns innegehalten, wir waren nicht in einem Film, alles ist ganz normal weitergelaufen, niemand hat diesen Moment des Stillstands zwischen uns bemerkt.

Diesen Augenblick hat Kléber für seinen Auftritt gewählt. Für einen Typ, der immer zu spät kommt (in meiner Erinnerung kommt er immer zu spät, aber vielleicht täusche ich mich, vielleicht beschuldige ich ihn zu Unrecht, du könntest eher sagen, ob er wirklich diese Art Fehler hat), kam er dies eine Mal pünktlich, allerdings ohne es zu beabsichtigen: Wir waren nicht verabredet, und gewiß nicht in dieser Sekunde reiner Intimität.

Ich hatte Kléber seit langem nicht mehr gesehen. Ich hatte ihn seit deiner Zeit nicht mehr gesehen.

Ich hatte nicht erwartet, ihn hier zu treffen, es war nicht seine Gegend, es entsprach nicht seinen Gewohnheiten. Sein Territorium befand sich anderswo. Im allgemeinen traf ich meine Vorsichtsmaßnahmen, ich begab mich nie an Orte, wo auch nur die geringste Chance bestand, Leuten von früher und vor allem dir über den Weg zu laufen, das versteht sich. Man behauptet, Paris sei klein, das stimmt, dennoch ist es mir die ganzen Monate gelungen, dich nicht zu sehen und niemandem von unseren alten, gemeinsamen Bekannten zu begegnen. Der Grund ist einfach: Ich habe mich nicht im 8. Arrondissement aufgehalten. Eine Frage der Hygiene.

Die Geschäftswelt, die deine, und die Welt des Journalismus, die meine, haben sich an völlig verschiedenen Punkten der Hauptstadt angesiedelt, deine befindet sich im wesentlichen in der Avenue George-V, meine in Saint-Germain. Die Wahrscheinlichkeit, sich zu treffen ist minimal, denn die Möglichkeiten der Überschneidung sind gleich null (unter geographischen Gesichtspunkten). Das hilft, sich nicht über den Weg zu laufen.

Meine Intuition sagt mir außerdem, daß auch du darauf geachtet hast, diese unsichtbaren Grenzen zu respektieren.

Kléber war also der Eindringling. Sein Auftritt im Café kam mir exakt wie ein Eindringen vor. Er hat Überraschung erkennen lassen und ich Mißbilligung. Er hat eine Rückzugsbewegung gemacht, während mein Gesicht ein Grinsen verzerrte. Dieser erste Eindruck hat sich sofort verflüchtigt, wir waren unter wohlerzogenen Menschen, wir haben uns herzlich begrüßt, als hätten wir uns am Abend zuvor noch gesehen, aber ich bin sicher, daß ihm mein anfängliches Zurückschrecken nicht entgangen ist.

Als die Begrüßungsszene vorbei war, fiel mir ein, daß ich Kléber und Vincent einander vorstellen mußte. Ich habe ihre Namen genannt. Es wird dir komisch vorkommen, aber das erstmalige Aussprechen des Namens und des Vornamens von Vincent hat Vertrautheit geschaffen. Das Nennen von Klébers Namen hat mir das Herz zusammengeschnürt.

Ich berichte diese Einzelheiten, damit du nicht nur über eine Version verfügst. Denn ich nehme an, daß Kléber nichts Eiligeres zu tun hatte, als dir diese Episode zu hinterbringen. Er ist dein Freund. So wie ich ihn kenne, war er der Meinung, es sei seine Pflicht.

Was genau hat er dir erzählt? Daß Vincent zweifellos mein neuer Gefährte sei, weil er und ich vor aller Augen an einem Tisch saßen und uns gut zu verstehen schienen, der Austausch unseres Lächelns, das geheime Einverständnis, unsere Nähe überraschte ihn wahrscheinlich. Da ich es nicht für nötig hielt, ihm zu erklären, daß ich aus beruflichen Gründen hier war, stand es ihm frei, sich diesen Schluß zu erlauben. Er täuschte sich. In Wahrheit war er einen Schritt voraus. Am Ende sollte er recht behalten.

Hat er sich andere Kommentare erlaubt? Der Art: »Sie ist gealtert, du kannst es dir nicht vorstellen, sie sieht nun wirklich so alt aus, wie sie ist, man hat den Eindruck, ihre Züge seien schlaff geworden, sie ist immer noch reizend, kaum zu glauben, aber sie ist nicht mehr die Louise, die wir gekannt haben, oh nein.« Das sähe ihm ähnlich.

Ich weiß: Es handelt sich um eine reine Vermutung. Aber wenn du auf diesen Brief antworten würdest, was ich nicht verlange (ich schreibe dir in der Tat zum ersten Mal einen Brief, ohne auf eine Antwort zu hoffen, ja, noch schlimmer: In der Hoffnung, daß du nicht darauf antworten wirst, weil er eine letzte Geste von meiner Seite ist, eine Art Schlußpunkt, es ist nicht zu früh), ja, wenn du dich melden würdest, könntest du dann bestreiten, daß er diese Worte geäußert hat?

Und du, wie hast du darauf reagiert? Warst du erstaunt bei dem Gedanken, daß ich endlich wieder verliebt bin? Hat es dich gefreut? Oder vielleicht ein wenig verdrossen, wer weiß? Hast du Kléber ausgehorcht, um mehr darüber zu erfahren? Hast du ihn gefragt, wie Vincent auf ihn wirkte, welchen Beruf er ausübt? Hat es dich nervös gemacht zu sehen, daß er keine Ahnung hatte, daß er keine Anstalten machte, dir zu helfen, dich aufzuklären? Gut möglich. Du hast es nie gemocht, daß dir die Dinge entgleiten oder daß sie nicht eindeutig klar sind. Verschwommenheit, Unklarheit sind nichts für dich.

Oder hast du dich dem Bericht gegenüber einfach gleichgültig gezeigt, hast dich damit begnügt, ihn der Form halber anzuhören, warst bereits mit etwas anderem beschäftigt? Hast die Neuigkeit mit größter Teilnahmslosigkeit, mit ungespielter Distanz aufgenommen? Gut vorstellbar. Es wäre konsequent. Und du bist ein konsequenter Mann.

Trotzdem habe ich nach jenem Zwischenspiel im Café in Betracht gezogen, dir zu schreiben, in der Absicht, die Vermutungen, die unser Zeuge unvermeidlich anstellen würde, zurechtzurücken. Immer meine Sorge um die Wahrheit. Immer auch dieses Bestreben, daß du deine Informationen direkt von mir erhältst. Aber ich habe darauf verzichtet. Ich dachte: wozu?

Ich habe mir gesagt: Wenn ich »wozu?« sagen kann, dann bedeutet das, daß es mir viel besser geht, ich löse mich von ihm.

Ehrlichkeitshalber muß ich gestehen, daß mir das, was sich im selben Moment mit Vincent anbahnte, dabei geholfen hat, diesen Schritt in deine Richtung zu unterlassen.

Wir hatten uns nichts zu sagen, Kléber und ich, wir haben uns sehr schnell wieder getrennt, das hat er dir bestimmt erzählt. Die Begegnung war ziemlich unangenehm, zwei abgestorbene Bäume, aber das ist das Leben, nehme ich an. Die Zeit, die vergeht und uns voneinander entfernt. Die uns in verschiedene Richtungen zieht.

Wir haben nicht von dir gesprochen, obwohl das das einzige Thema ist, das wir wirklich gemeinsam haben. Es nicht zu tun, bereitete mir keine Schwierigkeiten: Die Gelegenheit bot sich nicht, und außerdem habe ich dich nie vor Dritten erwähnt, ich habe dich immer für mich behalten, ich lebte so lange mit dir unter größter Verschwiegenheit. Der Hang zur Verschwiegenheit ist mir geblieben, zumindest der zur Diskretion. Kléber hat sich auf die Lippen gebissen, ich habe es genau gesehen, er brannte darauf, mir das Neueste von dir zu erzählen, aber die Anwesenheit Vincents ließ ihn schweigen und erstickte seine Enthüllungen. Er war sichtlich unglücklich darüber, er war schon immer etwas geschwätzig, und außerdem gehört er zu den Leuten, die Informationen verbreiten, um sich wichtig zu machen. Sein erzwungenes Schweigen hat mir fast ein Lächeln abgenötigt.

Ich habe Kléber nie gemocht. Er gehörte in Claires Lager. Er hat in mir immer eine Usurpatorin gesehen. Wer kann mir verbieten, es ihm übelzunehmen. Meine Abneigung ist unversöhnlich, ich stehe dazu.

Er setzte sich an einen Tisch in gehörigem Abstand zu unserem. Ich habe ihm keinen Blick mehr zugeworfen. Ich habe nicht einmal bemerkt, daß er das Lokal vor mir verließ. Erst als ich sehr viel später in Begleitung von Vincent aufbrach, sah ich, daß er nicht mehr da war. Sein Verschwinden, ohne sich von mir zu verabschieden, hat mich nicht getroffen. Im Gegenteil, es bedeutete, daß ich vielleicht endlich in der Lage war, mit meinem alten Leben und seinen Gespenstern abzuschließen.

Kommen wir zu dem Mann zurück, der mir gegenübersaß. Ich erinnere mich an seine Verlegenheit, während ich die belanglosen Worte mit Kléber wechselte. Ich nahm an, er fühle sich überflüssig mitten in dieser Wiedersehensszene, er kam mir etwas unbeholfen vor, bemüht, sich nicht an einer Unterhaltung zu beteiligen, die keine Rolle für ihn bereithielt, vielleicht war er auch beunruhigt über die Verzögerung, die einzutreten drohte, und dachte schon an sein nächstes Rendezvous, ich irrte mich, ich habe es später aus seinem Mund erfahren. In Wirklichkeit dachte er an das Lächeln, das wir vor der Unterbrechung ausgetauscht hatten. An diese überwältigende Intimität, die ohne Vorankündigung aufgebrochen war, er fragte sich, ob es keine Einbildung, kein Mißverständnis sei, er fragte sich, welches Verhalten angemessen wäre, wenn sich zufällig alles so verhielt, wie er es sich vorstellte. Er hätte die Ablenkung durch die Ankunft Klébers nutzen können, um Antworten zu erfinden, eine Erwiderung, aber seine Verwirrung war zu groß. Sie war sogar offenkundig. Ich konnte nicht voraussehen, daß ein Mann, dessen Beruf soviel Kaltblütigkeit und die Beherrschung des Worts verlangt, zu soviel Schüchternheit und Ungeschicklichkeit fähig war. Das hat mich verführt. Er war das Gegenteil von dir.

Auch seine Jugend hat mich entwaffnet. Plötzlich sah ich nur noch die feinen Züge, die makellose Haut, die lockigen Haare und vor allem die rechteckigen Brillengläser, die ihm ein seriöses Aussehen verliehen, die schmalen Schultern, den schmächtigen Körper unter dem dunklen, tadellosen Anzug, die weißen, unruhigen jugendlichen Hände. Ich dachte: Diese Jugend ist genau das, was ich brauche. Mein Blick muß ihn verschlungen haben.

Was er währenddessen an mir beobachtete, weiß ich nicht. Ich fürchtete, er verweilte bei den Falten in meinen Augenwinkeln, dem flüchtigen Make-up, dem rundlichen Körper und dem lächerlichen Kleid, das ich mir in der Eile übergestreift hatte, ich, die sonst nur Jeans trägt. Ich fürchtete bereits sein Urteil, sein Zögern, ich schätzte ab, welche Anstrengungen ich entfalten müßte, um die Fehler zu verbergen, ich war im vorhinein besiegt. Du weißt, wie wenig Selbstvertrauen ich besitze, in diesem Punkt habe ich mich nicht verändert.

Dennoch glaubte ich, Wohlwollen bei ihm zu erkennen. Milde. Vielleicht darüber hinaus ein gewisses Interesse. Aber ist man jemals sicher?

Er hat dieser peinlichen Spannung ein Ende gesetzt. Er sagte nur: »Sie werden lügen müssen, ja, Sie werden gegenüber den Leuten Ihrer Zeitung eine Lüge erfinden müssen, um zu erklären, warum Sie ohne den versprochenen Bericht zurückkommen. Denn er interessiert uns beide nicht mehr, oder?« Die Geschichte konnte beginnen.

Ich weiß weder, wie lange wir in dem Café geblieben sind, noch was wir uns gesagt haben. Es ist auch nicht so wichtig.

Ich zitterte, Clément, kannst du dir das vorstellen? Mich schauderte. Mein ganzer Körper bebte, Stöße durchzuckten mich, ich versuchte, mich zu beherrschen, erfolglos, man konnte diese Verrenkungen, den Kontrollverlust, die inneren Krämpfe unmöglich übersehen.

Und ihm ging es ebenso. Er fühlte sich nicht wohl in seiner Haut, er zeigte die Aufregung des Debütanten und war bemüht, keine Ungeschicklichkeit zu begehen, aber er stolperte über die Worte, verhaspelte sich, hatte einen trockenen Mund. Dich habe ich in den ersten Stunden unserer Liebe nicht so gesehen.

Verstehe mich richtig: Ich werfe dir nichts vor. Aber mit ihm und nicht mit dir habe ich das Fieber entdeckt und auch so etwas wie eine geteilte Glut. Entdeckt, daß man sich selbst aufgeben kann und daß die Selbstaufgabe Gnade bedeutet. Von dir habe ich das nicht gelernt. Du hast mir versichert, daß man seine Gefühle ständig unter Kontrolle halten muß, daß sich intelligente Menschen nicht gehen lassen, ich habe dir geglaubt.

Vor mir tat sich eine Alternative auf. Ich wußte nicht, daß es sie gibt. Ich habe mich darauf gestürzt.

Heute, mit der Rückkehr des Sommers, mit dem schönen Licht, den Spiegelungen in den halbgeöffneten Fenstern, habe ich den Eindruck, Paris gleiche einem Gemälde von Bonnard, das ist wunderbar.

Ich sage dir, wie es ist, weil ich davon überzeugt bin, daß du dich nicht an meiner Offenheit stoßen wirst. Ich kenne deine Fähigkeit der Gleichgültigkeit, ich habe nicht vergessen, welche Distanz du zwischen uns errichtet hast, diese Enthüllung kann dich nicht verletzen. Du wirst zweifellos nicht so weit gehen, dich an meinem Glück zu freuen, du hast einen Bodensatz von Eifersucht und die Neigung, dich an anderen zu messen, das hindert dich daran, dich für das Glück anderer zu begeistern, aber du wirst zumindest annehmen, daß ich dich nicht mehr belästigen werde, daß ich dich von nun an in Ruhe lassen werde. Du wirst meine Klagelieder nicht vermissen, das ist klar, du wirst nur das vermissen, wofür sie der Ausdruck waren: den Rest meiner Bindung an dich.

Ich will dir auch noch folgendes sagen, weil der Augenblick für Geständnisse da ist: Ich ziehe von neuem ernsthaft in Betracht, ein Kind zu bekommen. Es ist etwas verfrüht, ich gebe es zu, aber diese Dinge müssen lange im voraus bedacht werden. Man macht keine Kinder aus einer bloßen Laune heraus oder einfach, weil man es kann oder weil es Paare unter Umständen vor Eintönigkeit und Langeweile bewahrt. Es ist eine Wahl, ein reiflich überlegter Entschluß. Du siehst, ich habe im Kopf behalten, was du mir eingetrichtert hast. Über diesen Punkt zumindest waren wir uns einig.

Dennoch reden wir darüber, Vincent und ich, und es ist jedesmal eine freudige, vernünftige Unterhaltung. Allein daß wir darüber reden, ist überwältigend. Daß wir bereit sind, das Thema anzusprechen. Das bedeutet, daß alles möglich ist. Ich hatte schon geglaubt, daß mir alles mögliche verschlossen wäre.

Seit deinem Weggang, und, wenn ich ganz ehrlich bin, schon davor, hatte ich eine Mutterschaft abgeschrieben. Stillschweigend. Ich hatte darauf verzichtet, Mutter zu werden, gewiß ohne es mir einzugestehen, aber im Grunde zweifelte ich nicht daran. Ich sagte mir: Meine Zeit ist vorbei, jetzt ist es zu spät, ich bin zu alt, und der Mann, mit dem ich diese Kinder haben wollte, hat mich verlassen.

Ein solcher Verzicht will schon etwas heißen. Gibt es eine größere Entsagung für eine Frau?

Fast alle Frauen träumen davon, Mutter zu werden; ich weiß nicht warum, es ist eben so, vermutlich ein Streich der Hormone, ein unvermeidlicher Wunsch, und ich war keine Ausnahme. Als ich eines Tages aus deinem Mund erfuhr, daß mir das Kinderkriegen verweigert, verboten sein würde, war ich wie vor den Kopf gestoßen. Du hast es nicht bemerkt: Manchmal kann ich Schläge einstecken, ohne es mir anmerken zu lassen, aber an jenem Abend, als du mir verkündet hast, daß du nicht den geringsten Wunsch nach Vaterschaft verspürst, stockte mir der Atem. Ich erinnere mich daran, daß mir die Luft in den Lungen dünn wurde, meine Kehle sich zusammenschnürte, mein Mund offenstehen blieb, es ist rasch vorübergegangen. Nein, du hast nichts bemerkt.

Einige Monate lang habe ich gegen dieses Verdikt anzukämpfen versucht – allerdings nie offen –, habe mich bemüht, deinen Gefühlen eine andere Richtung zu geben, aber ich mußte einsehen: Du würdest nie nachgeben.

Ich hätte dich in diesem Moment verlassen können, einen anderen Mann suchen können, der darauf eingegangen wäre, Kinder mit mir zu bekommen, aber ich habe nichts unternommen, ich glaube, ich habe es nicht einmal erwogen. Nichts erschien mir schlimmer, als dich zu verlieren. Und ich habe dich trotzdem verloren.

Ja, deinetwegen habe ich die Hoffnung auf Kinder aufgegeben. Und du hast es zugelassen. Mein Opfer hat nichts genützt.

Als du weg warst, schien mir die Frage der Mutterschaft für immer entschieden. Bisher war es nur unterschwellig, nun lag es offen auf der Hand: Ich würde niemals schwanger werden, ich würde niemals erfahren, wie es ist, schwerfällig und glücklich und erschöpft und launenhaft zu sein.

Und jetzt ist es von neuem denkbar. Diesmal täusche ich mich bestimmt nicht.

Vincent wird einen guten Vater abgeben. Ich weiß, es ist albern, die Dinge auf diese Weise auszudrücken, um so mehr, als die Intuition ihrer Natur nach nicht die Gewißheit ersetzen kann, aber es gibt Intuitionen, die sicherer sind als die Wahrheit selbst: dies ist eine solche Intuition. Wirklich, ihr gleicht euch nicht.

Aber vielleicht täusche ich mich ja wieder: Das denkst du doch, streite es nicht ab. Nein, diesmal werde ich gegen dich recht behalten.

Entschuldige diese letzte Bemerkung, die ich trotz allem nicht lösche, denn in mir stecken Wut und Groll, die du mir, ohne es zu wollen, eingeimpft hast, und ich habe den Wunsch, mich endlich aus den Schlingen zu befreien, ein Ziel, das zum ersten Mal seit langer Zeit in Reichweite ist, ich beabsichtige nicht, mir diese Chance entgehen zu lassen. Ich bin eine Frau, die sich von neuem verliebt hat, das heißt, die brennt, die gierig ist, ich muß mit dir Schluß machen.

Und ich weiß, daß du mir diese Bissigkeit, diese Schärfe verzeihen wirst. Wenn ich vor dir stünde, würdest du mich in die Arme nehmen und leise sagen: das ist nicht so schlimm, ich bin dir deshalb nicht böse, es macht nichts, wenn du dich hinreißen läßt, dieses Feuer ist gut, bedaure nichts, du hast mich nicht verletzt, nichts, was von dir kommt, verletzt mich. Du hattest die Gabe, meine raschen Stimmungswechsel zu beruhigen und meine Nervenschmerzen zu lindern. Das waren deine wirklichen Zärtlichkeitsausbrüche, diese Augenblicke, wo du mich nach unseren Streitereien an dich gedrückt, dich für deine Grobheit, deine Unaufmerksamkeit entschuldigt und mir ins Ohr geflüstert hast, daß ich anbetungswürdig sei, daß mich die Wut noch schöner mache, daß du ein richtiger Dummkopf seiest. Das waren deine einzigen Zärtlichkeitsausbrüche. In Erinnerung an diese Zärtlichkeit nach den Schlachten kann ich also ruhig ein wenig schroff sein.

Es wird dir nicht entgangen sein: Vincent und du, ihr seid wirklich verschieden. Man kann tatsächlich nicht unterschiedlicher sein, egal unter welchem Gesichtspunkt. Und dennoch gleicht ihr euch in einer Kleinigkeit, die mich unablässig beunruhigt – oder sagen wir lieber, ich dachte anfangs, es wäre eine Kleinigkeit, und am Ende ist es vielleicht viel mehr: Ihr habt genau denselben Blick. Es ist ganz erstaunlich und fast unglaublich. In der ersten Zeit hoffte ich, mich zu täuschen, aber dann mußte ich mir eingestehen, daß es genau derselbe Blick ist. Dieselben schwarzen Augen mit dem entsetzlichen Funkeln, das einem angst machen kann, diese Art, mit gesenktem Kopf von unten hochzublicken, auch diese Art, den anderen zu fixieren, anzustarren, die mir manchmal Gänsehaut verursacht. Ein solcher Blick ist eine große Stärke, bei dir wunderte mich das nicht, du strahlst eine solche Kraft aus, bei Vincent ist das überraschender, es ist wie ein Dementi seiner jugendlichen Erscheinung, seines sanften Ausdrucks. Derselbe Blick. Ich schließe nichts daraus. Ich glaube an Zufälle.

Ich habe es ihm nicht gesagt.

Ich habe ihm übrigens fast nichts von dir erzählt. Er weiß von deiner Existenz, das versteht sich. Er ist unterrichtet über unsere gemeinsam verbrachte Zeit, unsere chaotische Liebe, die Trennung. Ich habe ihm deinen Vornamen, deinen Beruf gesagt, die Dinge, die man zu Hilfe nimmt, um Leute zu beschreiben, sie einzuordnen, aber nicht mehr. Die Gewalttätigkeit deiner Gefühle und der Trennung habe ich nicht erwähnt. Ebensowenig die Gründe für mein Exil oder die Briefe, die ich dir aus Amerika und Europa geschickt habe. Er hat mich nicht eigens gefragt, ich brauchte ihn nicht zu belügen.

Ich schweige, um ihn nicht zu erschrecken. Ich möchte nicht, daß er eine zerriebene, verletzte Frau in mir sieht, eine nicht wirklich geheilte Kranke, die zu Rückfällen neigt. Ich verheimliche ihm die tiefen Schnittwunden, die du hinterlassen hast, sowohl die, die mich schmerzen, wie die, die von unseren vergangenen Umarmungen erzählen. So braucht er nicht zu befürchten, daß ich mich erneut verliere.

Ich bin jedoch überzeugt, daß er die Hauptsache verstanden hat. Wenn er mich fast nichts fragt, dann deshalb, weil er die Antworten kennt. Das Ausmaß der Verheerungen, die du angerichtet hast, ermißt er nicht in vollem Umfang, aber er ahnt sie sicher, wenn sich seine Hände auf meine Haut legen und die Tiefe meiner Wunden erforschen. Seine Liebkosungen helfen mir, diese Wunden zu pflegen, endlich.

Mit Ausnahme des Blicks sehe ich nur Unterschiede zwischen euch.

Unterschiede der äußeren Erscheinung, natürlich. Vor allem aber des Empfindungsvermögens.

Vincent ist ein diskreter und aufmerksamer Mensch. Er verhält sich mir gegenüber umwerfend. In seinen Armen fühle ich mich nicht wie eine Verletzte, sondern eher wie ein Kind. Er versucht weder mich zu beschützen, noch mich zu korrigieren, er wundert sich eher über meine Unbeholfenheit. Die Rückkehr in die Jahre der Unbekümmertheit ist so angenehm. Dieser Mann gibt mir meine Unschuld zurück.

Er zögert nicht, Liebesschwüre auszusprechen. Dazu braucht er nicht das Gefühl, wir befänden uns in Gefahr, wie du. Es stimmt, er ist wirklich ein Gefühlsmensch. Durch und durch. Er glaubt nicht, daß Liebesworte große Worte sein müssen. Er findet nicht, daß man sich etwas vergibt, wenn man seine Neigung bekennt. Du würdest behaupten, das seien weibliche Verhaltensweisen. Ich würde dir ein wenig betrübt zuhören. Ich würde mir nicht die Mühe machen, dich zu überzeugen. Dich von deinem Irrtum zu überzeugen.

Es ist mir klar, daß dir der Ton, den ich anschlage, neu vorkommen wird: Es ist der eines Menschen, der wieder auf die Beine gekommen ist. Der dir auf gleicher Augenhöhe begegnet. Er ist nicht von Agressivität geprägt. Er trägt nur den Stempel einer gewissen Beruhigung.

In der Tat, ich habe das wiederentdeckt, was ich für immer verloren glaubte: Frieden, Heiterkeit. Empfindungen, die ich vergessen hatte. Ich war verkrampft, von Spannungen zerrissen, und nun habe ich nie mehr Nackenschmerzen, ich leide nicht mehr unter jener unfreiwilligen Starrheit des Körpers, die mich manchmal befiel, ich fühle mich ruhig.

Mach dir keine Sorgen wegen meiner Überschwenglichkeit, ich kenne die Unwägbarkeiten der Liebe ganz genau, aber ich habe das Gefühl, daß ich Vincent nicht verlieren werde. Auf alle Fälle muß ich nicht jeden Moment befürchten, ihn zu verlieren.

Die Ruhe verleiht eine ungewöhnliche Kraft. Du weißt das besser als ich, denn du besitzt eine verblüffende Ruhe. Aber auf Kosten gigantischer Anstrengungen. Ich dagegen brauche nichts dafür zu tun. Das ist von nun an einfach so.

Ich mache mich nicht lustig über dich. Ich habe es dir gesagt: Ich erzähle dir nur alles, wie es ist. In diesem Punkt beweise ich Konsequenz. Ich habe nie versucht, mich anders zu zeigen als ich bin.

Auf den ersten Blick wirst du nicht umhin können, über meine Metamorphose, oder vielmehr über ihren »ostentativen« Charakter, ärgerlich zu sein. Du wirst schnell darüber hinwegkommen, ich kenne dich doch, du wirst dir allenfalls sagen: »Was soll's. Diese Geschichte gehört der Vergangenheit an. Und um so besser, wenn es ihr besser geht. Das hat keine Bedeutung mehr.«

Und das ist zweifellos wahr: Es hat keine so große Bedeutung mehr.

Ich gehe nicht mehr in deinen Spuren, ich bin kein kleiner Hund mehr, ich habe mich von dir befreit, man kann es auch anders ausdrücken: Ich habe mich deiner entledigt.

Die Einsicht, daß wir verschiedene Wege eingeschlagen haben, erschüttert mich nicht mehr. Du lebst dein Leben mit Claire, es betrifft mich nicht, ich halte mich heraus, das fällt mir nicht schwer. Du verfolgst deine Karriere, das ist in Ordnung, ich bin sicher, daß du auch in Zukunft sehr gut zurechtkommen wirst, du verfügst über genug Charme und Selbstsicherheit, man muß dir vertrauen, du hast es immer verstanden, die anderen mitzureißen. Ich werde versuchen, meinen Weg weiterzugehen, Vincent steht mir zur Seite. Ich habe mich endlich entschlossen, mein Buch zu schreiben, seit Jahren denke ich schon daran, du hast mich ermutigt, es anzupacken, ich zögerte, den Schritt zu wagen, jetzt fühle ich mich zum ersten Mal dazu in der Lage, ich werde mich darauf stürzen, ich weiß nicht, was daraus werden wird, wichtig ist, daß ich es versuche, daß ich ausprobiere, ob ich es kann, und wenn es nicht klappt, ist es auch nicht schlimm, zumindest werde ich es nicht bedauern, und außerdem habe ich meine Artikel, das ist eine Übung, die mir gefällt, ein Rhythmus, der mir entgegenkommt, ich habe keine Sorge.

Ich weiß, daß wir uns eines Tages wiedersehen werden. Das ist unvermeidlich. Wir können uns nicht ewig aus dem Weg gehen. Der Zufall wird uns zwangsläufig einander gegenüberstellen. Ja, sagen wir, der Zufall, das ist bequem, das paßt immer. Es wird bestimmt in Paris sein, in einer vielbefahrenen Straße oder in der unmittelbaren Umgebung eines Parks. Du wirst von einem Termin kommen und etwas in Eile sein, ich werde dort ohne besondere Absicht herumschlendern, ich werde den Kopf heben, und auf einen Schlag wirst du mein ganzes Blickfeld einnehmen, alles wird sich plötzlich auf dich konzentrieren, du wirst innehalten, wirst, nach einem kurzen, einem sehr kurzen, aber wahrnehmbaren Augenblick der Unentschlossenheit stehenbleiben. Das wird mich an das Trugbild von früher erinnern, das einer unvorhergesehenen Begegnung. Wir werden verlegen sein, werden zögern, uns zu umarmen, werden uns nicht die Hand reichen, es wird lächerlich sein, wir werden schwanken. Wir werden uns anlächeln, während wir den Kopf senken oder die verwirrten Augenlider niederschlagen. Wir werden älter geworden sein. Ein wenig, vielleicht auch ein wenig mehr. Aber du wirst mir versichern, daß ich mich nicht verändert habe. Und ich werde dir erwidern, daß du prächtig aussiehst. Wir werden uns in aller Harmlosigkeit anlügen. Wir werden allein sein, ich will sagen: nicht in Begleitung. Es wird an einem Wochentag sein: Claire wird in der Boutique beschäftigt sein, Vincent bei einer Gerichtsverhandlung plädieren. Wir werden ungestört sein. Ganz unter uns. Ich glaube, es wird besser sein, wenn niemand anderes außer uns beiden anwesend ist. Du wirst mich fragen, wie es mir geht. Ich werde dir sagen: Es geht mir gut. Ich werde dir die Frage nicht zurückgeben, du wirst mir mit der Antwort etwas überstürzt zuvorkommen, diese Überstürzung wird rührend sein. Du wirst nicht auf die Briefe zu sprechen kommen, du bist taktvoll, du wirst mich nicht in Verlegenheit bringen, mich nicht an diese üblen Wochen, diesen Schiffbruch erinnern wollen, aber du wirst mir ein Zeichen geben, um mich wissen zu lassen, daß du die Briefe erhalten hast, eine Andeutung vielleicht, eine Anspielung, sie wird unauffällig sein, ich werde ihr zunächst keine Aufmerksamkeit schenken, aber dann werde ich sie verstehen, ich werde dir dankbar sein, ich werde eine Geste, ein nachdrückliches oder ein beschwörendes Wort finden, um es dich wissen zu lassen. Wir werden erneut lächeln, mit einem kaum wahrnehmbaren Lächeln, das wir dennoch wahrnehmen werden, wir kennen uns so gut. Es wird eine gewisse Verlegenheit aufkommen, aber das wird nicht unangenehm sein. Eher wie eine leichte Erschütterung. Ich werde dich nach Claire fragen. Du wirst mir mitteilen, daß ihr verheiratet seid, ich werde nicht sagen, daß ich es weiß, ich werde so tun, als sei es eine Neuigkeit für mich, ich werde mich zusammennehmen, ich bin keine gute Schauspielerin, ich werde dir gratulieren, und es wird ernst gemeint sein, selbst wenn es nicht den Anschein hat. Du wirst sagen: Es war eine schöne Feier, du wirst dich nicht dafür entschuldigen, daß du mich nicht eingeladen hast, ich wäre dort nur fehl am Platz gewesen. Du wirst sagen: Schließlich habe ich nachgegeben, man will es nicht so machen wie alle, aber warum soll man es eigentlich nicht so machen wie alle? Ja, warum? Du wirst sagen: Wir haben keine Kinder, in diesem Punkt habe ich mich durchgesetzt, aber für wie lange? Du wirst eingestehen, daß du am Ende vielleicht trotz allem doch nachgeben wirst, so ist das Leben. Ja, genau, so ist das Leben. Ich werde dir sagen: Ich habe einen kleinen Jungen, Alexandre, ein schöner Name, nicht wahr? Du wirst sagen: Wenn er dir gleicht ist er mit Sicherheit schön. Ich werde mir versagen, dich wissen zu lassen, daß er deine Augen hat. Weil er deine Augen haben wird, die von Vincent. Aber vielleicht wird es mir doch entschlüpfen. Du wirst das nicht komisch finden und ich auch nicht. Wir werden zu einem anderen Thema übergehen müssen. Zum Wetter. Es wird Frühling sein. Wir werden einstimmig die Rückkehr der schönen Tage begrüßen. Es gibt Dinge, über die sich alle einig sind. Um uns herum wird der Verkehrslärm tosen, Motorengeknatter wird unsere Stimmen für Augenblicke übertönen, wir werden lauter reden, du wirst dich über mein Ohr beugen, um einen Satz zu wiederholen, den ich nicht verstanden habe, ich werde dein Parfum riechen, es wird immer noch »Habit rouge« sein, du bist treu, ich werde eine Bemerkung darüber machen, aber das Adjektiv treu werde ich nicht gebrauchen, ich werde auf meine Worte achten. Du wirst mich fragen, ob ich noch immer in der Rue Campagne-Première wohne, ich werde es verneinen, ich bin umgezogen, du wirst mich mit einem – Schade, ich habe deine Wohnung sehr gemocht – unterbrechen, und es wird mir nicht möglich sein, meinen Satz fortzusetzen, ich werde spüren, wie etwas zerbricht, ich werde zwei oder drei Sekunden benötigen, um meine Fassung zurückzugewinnen, du wirst tun, als hättest du nichts bemerkt. Du wirst mich wissen lassen, daß du meine Artikel liest, natürlich nicht immer, aber häufig. Du wirst nicht mehr darüber sagen, um mir keinen Kummer zu bereiten. Du wirst mich nicht nach meinem Buch fragen, du wirst annehmen, daß nichts daraus geworden ist. Ich werde mich nach deiner Arbeit erkundigen, du wirst mir von einer Beförderung erzählen, von Reisen in der ersten Klasse, von Nächten in den Vier Jahreszeiten in New York, du wirst New York in der Unterhaltung streifen, du wirst glauben, mir damit eine Freude zu bereiten, aber die Erinnerung wird mir weh tun, New York, das warst noch du und auch deine Abwesenheit, das war vor Vincent, bevor ich wieder auf die Beine gekommen bin, ich werde so tun, als interessiere es mich, aber deine Sätze werden nur ein Rauschen sein, ich werde ihren Klang wiedererkennen und den Faden wieder aufnehmen. Du wirst den Vornamen von Vincent nicht aussprechen, es würde dir weh tun, du wirst es nicht wagen, du wirst dich zurückhalten, das wird mich amüsieren. Du hast tatsächlich immer die Nase gerümpft über diese erkünstelte Familiarität. Plötzlich werden wir nicht mehr wissen, was wir uns sagen sollen. Man wird es uns, unseren Gesichtern ansehen: Es ist ausgeschlossen fortzufahren. Du willst nicht, daß sich Schweigen etabliert, du möchtest uns dieses Elend ersparen, diese unerfreuliche gähnende Leere, du wirst einen dringenden Termin am anderen Ende von Paris vorschützen, du wirst ausrufen: Ich habe mich schon zu lange aufgehalten, aber es hat mich gefreut, sehr gefreut, dich zu sehen, Louise, ich werde dich Louise sagen hören, das wird angenehm sein. Wir werden in aller Eile unsere Telefonnummern austauschen, du wirst ein Notizbuch aus deiner Jacke holen, wir werden uns versprechen, uns bald anzurufen. Du wirst das Notizbuch in deine Innentasche zurückstecken, du wirst die Achseln zucken, du wirst den Kopf neigen, um dich zu verabschieden. Und dann wirst du mich küssen, du wirst die Initiative ergreifen, mich zu küssen, du wirst deine Hand auf meinen Arm legen, während du mich küßt, diesen Moment wird es geben, deine Handfläche auf meinem nackten Arm, die Berührung, es wird merkwürdig sein, schmerzlich, und wir werden uns wieder aufrichten und werden uns ein letztes Mal ansehen. Du wirst ein Taxi herbeirufen, darin verschwinden, mir durch das Fenster ein Zeichen geben, kein: bis bald, eher eine Geste, die versuchen möchte, einen Augenblick festzuhalten, als ob man Augenblicke festhalten könnte, ich werde dir mit derselben vagen, ziellosen Geste antworten, und es wird aus sein. Der Verkehrslärm, die Unruhe der Stadt, die verpestete Luft werden mich einhüllen. Ich werde einige Augenblicke unbeweglich mitten in dem geschäftigen Hin und Her stehenbleiben. Am Ende werde ich mich mechanisch zu einer Bushaltestelle begeben und auf die 38 warten, um nach Hause und zu Vincent zurückzukehren, dem ich nichts von dieser Begegnung erzählen werde, wozu auch? Dort, auf der Bank an der Bushaltestelle, werde ich mich dabei ertappen, daß ich wieder lächle.

Louise

Inhalt